T0204105

Henry James (Nueva York, 1843-Londres, 1916) nació en el seno de una adinerada y culta familia de origen irlandés. Recibió una educación ecléctica y cosmopolita, que se desarrolló mayoritariamente en Europa. En 1875 se estableció en Inglaterra después de publicar en Estados Unidos sus primeros relatos. El conflicto entre la cultura europea y la estadounidense está en el centro de muchas de sus obras, desde su primera novela, *Roderick Hudson* (1875), hasta la trilogía con la cual culmina su carrera: *Las alas de la paloma* (1902), *Los embajadores* (1903) y *La copa dorada* (1904). Maestro de la novela breve, algunos de sus logros más celebrados se hallan en este género: *Otra vuelta de tuerca* (1898), *En la jaula* (1898) o *Los periódicos* (1903). Cerca del final de su vida se nacionalizó inglés. En palabras de Gore Vidal, «no había nada que James hiciera como un inglés, ni tampoco como un estadounidense. Él mismo era su gran realidad, un nuevo mundo, una *terra incognita* cuyo mapa tardaría el resto de sus días en trazar para todos nosotros».

David Bromwich se doctoró en 1973 en la Universidad de Yale. Ha sido profesor de literatura inglesa en esta universidad y en la de Princeton, donde ocupa la Cátedra Sterling, uno de los puestos más prestigiosos, que se ofrece al máximo experto de cada campo de conocimiento. Sus ámbitos de estudio son la crítica y la poesía del Romanticismo, así como la filosofía moral y política del siglo XVIII. Ha editado varios volúmenes para la Library of America, entre ellos un tomo de las *Complete Stories* de Henry James.

HENRY JAMES

Otra vuelta de tuerca

Epílogo de
DAVID BROMWICH

Traducción de
ANTONIO DESMONTS

PENGUIN CLÁSICOS

Penguin
Random House
Grupo Editorial

Título original: *The Turn of the Screw*

Primera edición en Penguin Clásicos: septiembre de 2015
Novena reimpresión: enero de 2022

PENGUIN, el logo de Penguin y la imagen comercial asociada son marcas registradas de
Penguin Books Limited y se utilizan bajo licencia.

© 1999, Penguin Random House Grupo Editorial, S. A. U.
Travessera de Gràcia, 47-49. 08021 Barcelona
© 2011, David Bromwich, por el epílogo
© 2012, Antonio Desmonts, por la traducción
Diseño de la cubierta: Penguin Random House Grupo Editorial / Yolanda Artola
Fotografía de la cubierta: Françoise Kacroix / Panoptika.net

Printed in Spain – Impreso en España

ISBN: 978-84-9105-082-7
Depósito legal: B-14.040-2015

Compuesto en Anglofort, S. A.

Impreso en Liberdúplex
Sant Llorenç d'Hortons (Barcelona)

PG 2 6 9 1 B

Índice

Prefacio de Henry James   ix

Otra vuelta de tuerca   3

Epílogo de David Bromwich   205
Cronología   245

Prefacio*

Esta pequeña obrita de ficción, totalmente independiente e irresponsable, goza, más que cualquier otro
rival en una situación comparable, de una reserva
consciente de prontas respuestas a la candente pregunta que puede hacérsele. Porque la obra goza de la
pequeña firmeza –por no decir de la inatacable tranquilidad– de ser perfectamente homogénea, de ser,
hasta el último vestigio de su virtud, de una pieza.
De esa pieza que a la crítica más seria le resulta más
difícil hostigar, la única clase de crítica que debemos tomar en cuenta. Volver a ocuparse de esta flor
madura de fantasía es dejar que ella te conduzca de

---

* El siguiente texto reproduce el prefacio de *Otra vuelta
de tuerca* publicado en el volumen XII de la New York Edition, que contiene *Los papeles de Aspern*, *Otra vuelta de tuerca*, *El mentiroso* y el relato «Las dos caras».

vuelta a fáciles y felices recuerdos. Permítanme que el primero sea el recuerdo del propio punto de partida: la sensación, de nuevo fascinante, del círculo alrededor del fuego en una tarde de invierno, en una sobria casa de campo antigua en la que –como si fuera a convertirse de inmediato y servicialmente en transmutable material «literario»– la conversación derivó, no me acuerdo con qué sencillo pretexto, hacia el asunto de los fantasmas y los terrores nocturnos, hacia la señalada y triste caída de la oferta en general, y aún más de la calidad en general, de dichos productos. Daba la impresión de que ya se habían contado todas las buenas historias de fantasmas, las realmente efectivas y espeluznantes (por definirlas de un modo aproximado), y que en ninguna parte nos esperaba ni una variedad ni un prototipo nuevos. En realidad, el prototipo nuevo, el simple caso «físico» actual, estaba desprovisto de toda rareza, como si hubiera sido expuesto al agua corriente del grifo de un laboratorio, y equipado con credenciales que dieran fe de ello; el prototipo nuevo prometía claramente poco, ya que cuanta más respetabilidad acreditaba, menos capaz parecía de despertar el sagrado terror. Sucedió que, mientras nos lamentábamos por la pérdida de un género hermoso, nuestro distinguido anfitrión expresó el deseo de recuperar para nosotros uno de los escasos fragmentos de lo mejor del mismo. Nunca había olvidado la impresión que de joven le había causado la visión reprimida –como si dijéramos– de un asunto espantoso que, con pocos detalles, le habían contado años atrás a una dama con la que se había relacionado en su juventud. La historia habría sido espeluznante si ella la hubiera recordado mejor, pues trataba de una pareja de niños pequeños en un lugar alejado, a los que se les habían aparecido los espíritus de ciertos criados «malos», muertos mientras trabajaban en la casa, con el objetivo de «poseerlos». Eso era todo, aunque habían sucedido más cosas que la vieja conocida de mi amigo había olvidado; lo único que pudo asegurarle fue lo asombrosas que le habían resultado aquellas acusaciones cuando las había oído, hacía ya mucho tiempo. Él mismo sólo podía ofrecernos esta sombra de una sombra, y yo –huelga decirlo– estaba prendado de tal escasez de datos. En la superficie no había mucho. Sin embargo, un grano más habría estropeado aquella preciosa porción encaminada a su fin con tanta pulcritud como una pizca de rapé extraída de una vieja caja de plata y sostenida entre el índice y el pulgar. Yo recordaría a los niños acosados y a los espíritus serviles que los acechaban como un «valor», de los inquietantes, sinceramente suficiente; así pues, tras un intervalo de tiempo, cuando los promotores de un periódico que se ocupaba de la campaña navideña de juguetes me pidieron que escribiera algo apropiado para aquel momento del año, me acordé en seguida de la notita más vívida que había tomado jamás, para una novela siniestra.

Ésa fue la fuente privada de *Otra vuelta de tuerca*, y confieso que me preguntaba por qué nadie había sido lo bastante hábil para recoger aquel germen tan delicado, que relucía al borde del camino polvoriento de la vida. Para mí, aquello tenía el inmenso mérito de ofrecer a la imaginación libertad absoluta, de invitarla a actuar en un campo del todo limpio, sin control «externo», sin tener que confraternizar con ningún patrón establecido de lo que es habitual, verdadera o terriblemente «placentero» (salvo siempre, desde luego, el placer del propio estilo). Esto es lo que en realidad constituye el encanto de mi segunda referencia, que me parece un ejemplo perfecto de un ejercicio de imaginación sin ayuda y desligado de otras cosas que, en el lenguaje deportivo de hoy día, juega el juego y marca el tanto con su propio bate. No es necesario decir hasta qué punto merecía la pena jugar a aquel juego; confieso que el ejercicio al que me he referido me parece ahora lo más interesante: la facultad imaginativa actuando con todo el caso entre manos. La exposición resultante es, en otras palabras, un cuento de hadas puro y simple, a pesar de que, por supuesto, no surge de una credulidad ingenua y desmedida, sino consciente y cultivada. Sin embargo, el cuento de hadas se divide principalmente en dos grupos: el cuento breve, agudo y sencillo, cargado en mayor o menor medida de una anécdota compacta (como los cuentos familiares de la infancia —«Cenicienta», «Barba Azul», «Pulgarcito», «Caperucita Roja» y muchas de las joyas de los hermanos Grimm— atestiguan claramente), o bien los largos y flexibles, los copiosos, variados, infinitos cuentos en los que, hablando en términos dramáticos, la redondez se sacrifica en aras de la plenitud, se sacrifica a la exuberancia, si se quiere, como atestigua cualquiera de las historias de *Las mil y una noches*. Para la aturdida mente moderna, el encanto de todos ellos reside en el despejado campo de la experiencia –como yo lo llamo–, por el que se nos invita a deambular; un mundo anexionado pero independiente, en el que nada es correcto salvo como correctamente lo imaginamos. Eso es lo que debemos hacer, y lo hacemos con alegría en un breve arranque y para una pieza corta, alcanzando tal vez así belleza y lucidez; por otro lado, cuando vamos, como se dice, a por grandes duraciones y extensiones, damos tumbos, nos quedamos sin aliento; en otras palabras, fracasamos por no alcanzar, no tanto una continuidad, sino más bien una agradable unidad, la redondez en la que en gran medida radican la belleza y la lucidez. Y por extraño que parezca, esto sucede no porque la brújula de la imaginación no nos pida, en ciertas condiciones, «resistir», sino porque el interés más sutil depende de cómo se resista.

Nada es tan fácil como la improvisación, la corriente continua de la invención; sin embargo, ésta queda tristemente comprometida desde el momento en que la corriente rompe los límites y se convierte en inundación. Entonces las aguas se desbordan y arrastran en sus brazos casas, rebaños, cosechas y ciudades, alterando para nuestro entretenimiento toda la faz de la Tierra, violando de un plumazo nuestro sentido de la corriente y el canal, que es nuestro sentido de los usos de una corriente y de la fuerza de una historia. La improvisación, como en *Las mil y una noches*, puede unirse bien con los objetos que encuentra, arrastrarlos hacia dentro y mecerlos sobre su pecho; pero pierde así el importante efecto de combinar consigo misma. Esto es siempre, sostengo, lo más difícil de un cuento de hadas. Sin embargo, en *Otra vuelta de tuerca*, la propuesta me parecía tan difícil como irresistible: improvisar con total libertad y al mismo tiempo sin la posibilidad de causar estragos, sin la oportunidad de una inundación; en pocas palabras, mantener la corriente en –digamos– términos ideales consigo misma: ése era mi cometido definitivo. La cosa tenía que aspirar a la absoluta singularidad, claridad y redondez y, aun así, depender de una imaginación que trabajara libremente, que trabajara –admitámoslo– de forma extravagante; sometida a esta ley, no sería concebible si no fuera libre, y no sería divertida si no estuviera bajo control. Así pues, creo que el mérito del cuento consiste, en consecuencia, en haber combatido con éxito los peligros que lo acechaban. Se trata de una excursión al caos que, como «Barba Azul» y «Cenicienta», sigue siendo tan sólo una anécdota ampliada, enfatizada y vuelta sobre sí misma, como en este aspecto también sucede con «Cenicienta» y «Barba Azul». Dicho esto, no necesito añadir que es una obra de una ingenuidad pura y simple, de un frío cálculo artístico, una *amusette* para seducir a los que son difíciles de seducir (el «entretenimiento» de seducir a los simplemente tontos siempre es menor), a los hastiados, a los desilusionados y a los exigentes. Expresado de otra manera, el estudio muestra un «tono» preconcebido, el tono de un mal que se sospecha y se siente, excesivo e incalculable, el tono de la perplejidad trágica y, sin embargo, exquisita. No hay aspecto que recuerde con más intensidad que este empeño, el de modelar con consistencia el asunto de la perplejidad de mi joven amiga, la hipotética narradora, y aun así forzar la expresión de ese asunto de manera tan clara y sutil que resulte en belleza. Por supuesto, si el valor artístico de un experimento como éste se midiera a partir de los ecos intelectuales que, transcurrido un tiempo, aún puede suscitar, el argumento favorecería esta pequeña aunque sólida fantasía que hoy me parece ver que arrastra tras de sí un enorme cúmulo de asociaciones. Sin duda, debería sonrojarme por confesar que son tan numerosas que sólo puedo elegir algunas de ellas como referencia. Recuerdo, por ejemplo, un reproche que en aquella época me hizo un lector, capaz evidentemente de prestar cierta atención, aunque no lo bastante, que se quejaba de que yo no había «caracterizado» lo suficiente a mi joven, perdida en su laberinto; de que no la había dotado de señales y marcas, rasgos y gracias; en pocas palabras, de que no la había invitado a tratar su propio misterio al margen del de Peter Quint, la señorita Jessel y los desventurados niños. Recuerdo bien, por absurdo que parezca que lo recuerde ahora, mi respuesta a aquella crítica, ante la cual mi corazón artístico, mi corazón irónico, se agitó hasta casi romperse.

Usted incurre en esa crítica fácilmente y no me importa confiarle que, por extraño que parezca, uno siempre tiene que elegir con cuidado entre sus dificultades, dedicándose a las más importantes para poder dominarlas y dejando a las demás sabiamente al margen. Si uno intenta enfrentarse a todas ellas, lo más seguro es que no resuelva ninguna por completo; mientras que la dedicación efectiva a unas pocas proyecta una bendita neblina dorada bajo la cual, como juguetonas diosas burlonas entre las nubes, las demás se retiran con prudencia. En *Otra vuelta de tuerca*, créame, por favor, la propuesta general de mantener cristalino el registro de las muchas e intensas anomalías y oscuridades de nuestra joven, era *déjà très jolie*. Con esto no me refiero, desde luego, a la explicación que ella pueda dar de tales anomalías, un asunto muy distinto; y yo no veía forma alguna, concedo sin mucha convicción (luchando, también en el mejor de los casos, de manera periódica, por cada pulgada preservada de mi espacio), de presentarla en combinación con otras relaciones que no fueran aquéllas, una de las cuales, ni más ni menos, habría sido la relación con su propia naturaleza. Seguramente, conocemos tanto de su propia naturaleza como podemos asumir al ver a esa naturaleza revelar sus ansiedades y divagaciones. Desde luego, no dice poco de un personaje el hecho de que, en tales condiciones, una joven «educada privadamente», como ella afirma, sea capaz de hacer creíbles sus particulares declaraciones sobre asuntos tan extraños. Ella tiene «autoridad», lo que supone haberle dado mucho, y yo no habría podido llegar a tanto si torpemente hubiera intentado más.

Reclamo para esta verdad una parte del encanto que, de vez en cuando, está latente en las razones que se infieren de las cosas bellas, y que, en la obra de arte, siempre atienden a lo hermoso, lo preciso, lo curioso y lo profundo. No obstante, por encima de cualquier cosa, permítanme colocar bajo la protección de esa presencia el aspecto de esta ficción que atrae más consideración: la elección de la forma de enfrentarse a sus mayores dificultades. Algunas dificultades no eran tan graves; por ejemplo, yo tenía que renunciar a cualquier intento de mantener la clase y el grado de impresión que deseaba producir en relación con el abundante registro material que existe hoy en día de los casos de apariciones. En los informes hay diversos signos y circunstancias que caracterizan estos casos: los aparecidos hacen cosas diferentes, aunque, en conjunto, no parecen ser muchas. Sin embargo, la cuestión es que hay cosas que no se hacen nunca, y son muchas, porque se imponen férreamente ciertas reservas, convenciones y resistencias. Los «fantasmas» identificados y reconocidos son, en otras palabras, poco expresivos, poco dramáticos y, sobre todo, inconsecuentes, poco conscientes y sensibles, en consonancia con el enorme trabajo que les cuesta tener que aparecerse. Por tanto, por maravillosos e interesantes que sean en un momento dado, son inconcebibles como figuras inmersas en una acción, y *Otra vuelta de tuerca* era desesperadamente una acción o no era nada. En resumen, tenía que decidir entre que mis apariciones fueran correctas o que mi historia fuera «buena», que plasmara mi impresión de lo espantoso, del horror que había planeado. Los fantasmas buenos, hablando en términos literarios, proporcionaban asuntos pobres, y estaba claro que, desde el principio, mis merodeadoras, errabundas y equívocas presencias, mi pareja de agentes anormales, tenían que saltarse las reglas. Serían agentes de hecho; recaería sobre ellos el espantoso deber de hacer que la situación apestara a Mal. Mi idea central era exactamente el deseo y la habilidad de los agentes para conseguirlo, calcular visiblemente su efecto, junto a la observación y descripción de su éxito; así pues, en resumen, proyecté mis personajes de un modo novelesco, con unas apariciones que, conforme al modelo, eran muy poco románticas.

Es decir, vuelvo a reconocer que Peter Quint y la señorita Jessel no son en absoluto «fantasmas», tal como ahora entendemos el término «fantasma», sino duendes, elfos, diablillos, demonios construidos con tan poco rigor como aquellos de los antiguos juicios por brujería; por decirlo de un modo más agradable, hadas de leyenda que cortejan a sus víctimas para verlas danzar a la luz de la luna. No es que yo, desde luego, sugiera que estos fantasmas puedan reducirse a cualquier forma pura y simple de lo agradable; en el mejor de los casos, si ellos agradan es por la ayuda que me prestaron para expresar mi asunto de forma directa e intensa. Ahí era –en el uso que se hacía de ellos– donde yo sentía que se requería de verdad una gran habilidad artística; y aquí es donde, al releer el cuento, siento que mis precauciones estaban justificadas. Lo esencial del asunto era la villanía de los móviles de las criaturas depredadoras que se evocan; de modo que el resultado sería innoble –quiero decir que sería trivial– si estos elementos del mal se sugirieran de manera débil o necia. A raíz de mi idea, surgió un vivísimo interés por la sugerencia y el proceso de oscurecimiento; es decir, la cuestión de cómo transmitir de la mejor forma la sensación de profundidad de lo siniestro, sin la cual mi fábula cojearía tan lamentablemente. ¿Cómo iba yo a preservar el mal abominable –la intención de mis espíritus demoníacos– de la caída, de la relativa vulgaridad que de un modo inevitable le esperaba, a través de todo un abanico de posibles ilustraciones, del ejemplo ofrecido, del vicio imputado, del acto citado, del caso limitado, deplorable y presentable? Devolver a la vida a los muertos malos para una segunda ronda de maldades es ratificarlos como algo realmente prodigioso y transformarlos tanto por la falta de una descripción detallada como por la expectativa de un anticlímax. Había visto en la ficción espléndidas formas de maldad o, mejor aún, de malvados, imputados; las había visto como si las prometiera y anunciara el cálido aliento del Mal, y luego las había visto encogerse lamentablemente ante la descripción de alguna brutalidad, de alguna inmoralidad o de alguna infamia concreta, así que la demostración se quedaba corta. Sentía que si en *Otra vuelta de tuerca* mis cosas malas sucumbían a este peligro, si no parecían lo bastante malas, no me quedaría más remedio que bajar la cabeza más que nunca.

La perspectiva de este malestar y el temor de semejante deshonor debieron de ser lo que encendió la verdadera luz para mi acertado, aunque en absoluto fácil, atajo. En aquel último análisis, ¿qué sensación tenía que transmitir yo? Que aquellos dos seres eran capaces, como vulgarmente se dice, de cualquier cosa, a saber, de realizar con los niños las peores acciones concebibles a las que puede someterse a unas pequeñas víctimas en tales circunstancias. ¿Y cuál sería entonces, al reflexionar, ese extremo inconcebible? Una pregunta cuya respuesta me llegó de forma admirable. En un caso así, no existe un mal absoluto que podamos elegir; depende de innumerables elementos distintos; es una cuestión de apreciación, especulación e imaginación y demás, totalmente en función de la experiencia del espectador, del crítico y del lector. Me dije: únicamente debes conseguir que la visión del mal que el lector tiene en general sea lo bastante intensa −y eso ya es un trabajo interesante−, y su propia experiencia, su propia imaginación, su propia empatía (con los niños) y el horror (ante sus falsos amigos) le proporcionarán los suficientes detalles. Oblígale a que imagine el mal, haz que piense en él por sí mismo, y quedarás liberado de detalles inconsistentes. Me esforcé mucho −desde luego, se requerían grandes esfuerzos− para aplicar este artificio, y con mayor éxito del que jamás habría esperado. Y algunas de las pruebas de este éxito resultan a la vez bastante curiosas, debo añadir, incluso las más convincentes. ¿Cómo puedo sentir que mis cálculos han fallado, que mi elaborada teoría no ha funcionado, es decir, que he sido acusado, tal como ha ocurrido, de haber puesto un énfasis monstruoso y de haber sido escandalosamente prolijo en las explicaciones? No sólo no existe de principio a fin del asunto ni una pulgada de prolijidad, sino que mis valores están todos en blanco, salvo cuando un horror provocado, una piedad suscitada, una destreza creada –sobre cuyos efectos puntuales de poderosas causas ningún escritor puede dejar de vanagloriarse– proceden a ver en ellos figuras más o menos fantásticas. Mientras tanto, es de gran interés para el autor –y por lo mismo, un tema para el moralista– la ingenua reacción resentida de la persona entretenida con la historia que se ha excedido en la comprensión de la situación. Éste achaca moralmente su exceso al artista, ya que sólo se ha mantenido fiel a un ideal de impecabilidad. Desde luego, para el artista, éstas son algunas de las observaciones que pueden animar el prolongado esfuerzo que conlleva esa fidelidad.

HENRY JAMES

Otra vuelta de tuerca

La historia nos había mantenido alrededor del fuego casi sin respirar, y salvo el gratuito comentario de que era espantosa, como debe serlo toda narración contada en vísperas de Navidad en un viejo caserón, no recuerdo que se pronunciara una palabra hasta que alguien tuvo la ocurrencia de decir que era el único caso que él conocía en que la visión la hubiera tenido un niño. El caso, debo mencionarlo, consistía en una aparición en una casa tan antigua como la que nos acogía en aquellos momentos, una aparición terrorífica a un niño que dormía en el mismo cuarto que su madre, a quien despertó aterrorizado; pero despertarla no disipó su terror ni lo alivió para recuperar el sueño, sino que, antes de haber conseguido tranquilizarlo, también ella se halló ante la misma visión que había atemorizado al niño. La observación dio lugar a que Douglas replicara –no de inmediato, sino más avanzada la velada– algo sobre cuyas interesantes consecuencias quiero llamar la atención. Otra persona contó otra historia, no demasiado impresionante, y vi que Douglas no la seguía. Entendí que eso indicaba que Douglas tenía algo que contar, con tal de que esperásemos. En realidad, esperamos hasta dos noches después, pero en aquella misma velada, antes de separarnos, Douglas dejó entrever lo que estaba pensando.

–Estoy completamente de acuerdo, respecto al fantasma de Griffin, o lo que quiera que fuese, en que el hecho de aparecerse primero a un niño de tierna edad le confiere un algo especial. Pero no es el único caso de esta clase, que yo conozca, donde se involucre a un niño. Si un niño da la sensación de otra vuelta de tuerca, ¿qué pensarían ustedes de *dos* niños?

–¡Pensaríamos que son dos vueltas, por supuesto! –exclamó alguien–. Y también que queremos conocer la historia.

Aún veo a Douglas delante del fuego, de pie y dándole la espalda, con las manos metidas en los bolsillos, dejando caer la mirada sobre su interlocutor.

–Por ahora, nadie más que yo la ha oído. Es demasiado horrible.

Esto, claro, lo repitió varias veces para darle toda su importancia; y tranquilamente nuestro amigo preparó el terreno para su triunfo al mirarnos a los demás y agregar:

6

–Va más allá de todo lo conocido. No sé de nada que se le pueda comparar.

Recuerdo que pregunté:

–¿De tan terrorífico?

Pareció decir que no era tan sencillo como eso, que tratar de definirlo sería caer en una confusión. Se pasó la mano por los ojos e hizo una mueca de pesar.

–¡De pavor! ¡Es pavoroso!

–¡Qué maravilla! –exclamó una de las mujeres.

Douglas ni se dio cuenta; me miraba, pero como si en lugar de verme estuviese viendo aquello de que hablaba.

–Es misterioso y repugnante, terrorífico y doloroso.

–Entonces –dije–, siéntate y empieza a contárnoslo.

Se volvió hacia el fuego, dio una patada al tronco y estuvo observándolo unos instantes. Luego se encaró de nuevo con nosotros.

–No puedo contarlo. Tendré que enviar un recado a la ciudad. –Hubo un unánime suspiro y muchas quejas, tras lo cual Douglas se explicó a su manera reconcentrada–. La historia está escrita. Está encerrada con llave en un cajón, de donde no ha salido hace años. Puedo escribir a mi criado y adjuntarle la llave; él podrá enviar el paquete tal como lo encuentre.

Parecía dirigirse especialmente a mí, casi parecía pedirme ayuda para no dudar. Había roto una gruesa capa de hielo, fruto de muchos inviernos; sus razones habría tenido para tan largo silencio. El resto de la concurrencia se lamentó del aplazamiento, pero a mí me atrajeron sus escrúpulos. Le hice prometer que escribiría con el primer correo y que acordaría con nosotros una pronta lectura; luego le pregunté si la experiencia en cuestión era propia. Respondió rápidamente:

—¡No, gracias a Dios!

—Y el escrito, ¿es tuyo? ¿Anotaste tus impresiones?

—Sólo me quedó una impresión. La llevo aquí... –Se dio unos golpecitos a la altura del corazón–. No la he perdido nunca.

—Entonces, el manuscrito...

—Está escrito con tinta vieja y descolorida y con una caligrafía bellísima. –De nuevo se volvió hacia el fuego–. Es de una mujer. Hace veinte años que murió. Me envió las páginas en cuestión antes de morir.

Ahora todos escuchaban. Por supuesto, hubo quien se las dio de listo o al menos sacó sus conclusiones. Pero él pasó por encima la interferencia, sin siquiera una sonrisa ni tampoco la menor irritación.

—Era una persona encantadora, pero diez años mayor que yo. Fue institutriz de mi hermana –dijo suavemente–. Era la mujer más agradable que he conocido en su profesión; hubiera merecido otra cosa. De eso hace mucho tiempo, y el episodio ocurrió mucho antes. Yo estaba en el Trinity y la encontré en casa al regresar para mi segundo veraneo. Aquel año fue algo más que eso, fue un hermoso verano; y en sus horas libres dimos paseos y tuvimos conversaciones en el jardín, conversaciones en las que me sorprendió su gran inteligencia y simpatía. Sí, sí, no se rían: me gustaba enormemente y hasta el día de hoy me alegra pensar que también yo le gustaba a ella. De no ser así, no me lo habría contado. Nunca lo hubiera contado a nadie. No es que ella me lo dijera, sino que yo lo sabía. Estaba seguro, lo comprendía. Juzgarán mejor las razones cuando hayan oído la historia.

–¿Porque había pasado tanto miedo?

Continuaba mirándome fijamente.

–Juzgarán mejor –repitió–, *luego.*

Yo también lo miré fijamente.

–Comprendo. Estaba enamorada.

Rió por primera vez.

–Es perspicaz. Sí, estaba enamorada. Es decir, había estado enamorada. Se descubrió... No podía contar su historia sin descubrirlo. Me di cuenta y ella se dio cuenta de que yo me daba cuenta; pero ninguno lo dijimos. Recuerdo el momento y el lugar: un prado recoleto, la sombra de las grandes hayas y la larga y cálida tarde de verano. No era un escenario para pasar miedo y, sin embargo..., ¡ay!

Se alejó del fuego y volvió a dejarse caer en el sillón.

–¿Recibirás el paquete el jueves por la mañana? –inquirí.

–Lo probable es que no llegue hasta el segundo correo.

–Entonces, en la sobremesa...

–¿Se reunirán todos conmigo aquí? –De nuevo miró a su alrededor–. ¿No se va nadie?

Su tono era casi de esperanza.

–¡Todo el mundo se queda!

–¡Yo me quedaré! ¡Y yo! –gritaron las señoras que tenían decidida la marcha. No obstante, la señora Griffin manifestó su necesidad de que se arrojara un poco más de luz–: ¿De quién estaba enamorada?

–La historia nos lo dirá –me tomé la libertad de responder.

–La historia *no* lo dirá –dijo Douglas–, por lo menos no de la manera explícita.

–Peor todavía. Es la única manera de que yo lo entienda.

–¿No quiere decirlo usted, Douglas? –inquirió otro de los presentes.

Douglas volvió a ponerse en pie.

–Sí..., mañana. Ahora tengo que acostarme. Buenas noches.

Y cogiendo un candelabro, salió a toda prisa, dejándonos algo desconcertados. Le oímos subir las escaleras desde el extremo donde estábamos del gran salón; después habló la señora Griffin:

–En fin, no sé de quién estaría enamorada ella, pero sí sé de quién estaba enamorado él.

–Era diez años mayor que él –dijo su marido.

–*Raison de plus* ¡a esa edad! Resulta simpático su largo silencio.

–¡Cuarenta años! –precisó Griffin.

–Y con esta explosión final.

–La explosión –retomé la palabra– convertirá en algo extraordinario la noche del jueves.

Y todo el mundo estuvo tan de acuerdo conmigo, que en comparación, perdimos interés por todo lo demás. Se había contado la última historia, aunque de forma incompleta y sólo el comienzo del serial; nos dimos la mano y «encandelabrados», como alguien dijo, nos fuimos a dormir.

Al día siguiente me enteré de que la carta, con la llave, había salido en el primer correo hacia la casa de Londres; pero, a pesar de que se difundió la noticia, o quizá debido a eso mismo, dejamos a Douglas completamente solo hasta después de comer, hasta esa hora de la tarde propicia a la clase de emociones que entraban en nuestras expectativas. Entonces estuvo tan comunicativo como pudiéramos desear e incluso nos dio una buena razón para estarlo. De nuevo se lo sacamos delante del fuego, en el salón, lo mismo que las medidas sorpresas de la noche anterior. Al parecer, la narración que había prometido leernos requería, para su correcta comprensión, unas cuantas palabras que la prologaran. Debo decir aquí, con toda claridad, que el relato que presentaré más adelante es una copia exacta, hecha por mi propia mano, mucho tiempo después. El pobre Douglas, antes de su muerte, cuando la veía venir, me entregó el manuscrito que le llegara el tercero de aquellos días y que, en aquel mismo lugar y entre inmensa expectación, comenzó a leer nuestro pequeño círculo la noche del cuarto día. Desde luego, las señoras a punto de partir y que habían dicho que se quedarían, gracias a Dios, no se quedaron; se fueron debido a ciertas conveniencias, muertas de curiosidad a resultas, según confesaron, de los adelantos con que Douglas nos había inflamado a todos. Pero eso sólo sirvió para hacer más compacto y selecto el pequeño auditorio, y mantenerlo alrededor del hogar, presa de un mismo estremecimiento.

El primero de los mencionados adelantos informó de que la exposición escrita recogía el relato en un momento en que, en cierto sentido, la acción ya estaba iniciada. Por tanto, interesaba saber que su vieja amiga, la menor de las varias hijas de un pobre clérigo provinciano y que había tenido su primer empleo en una escuela a los veinte años, fue apresuradamente a Londres para responder en persona a un anuncio que ya le había procurado una breve correspondencia con el anunciante. Al presentarse para la entrevista, la persona en cuestión la recibió en una casa de Harley Street, que la impresionó por su tamaño y aspecto imponentes; este patrón en ciernes resultó ser un caballero, un soltero en la flor de la vida, con un porte nunca visto, salvo en sueños o en novelas, por la aturdida muchacha procedente de una parroquia de Hampshire. No es difícil hacerse una idea del tipo de persona que era; por suerte, es de los que no se olvidan. Era guapo, osado y agradable, espontáneo, alegre y considerado. Inevitablemente, la sorprendió su elegancia y liberalidad, pero lo que más la afectó y le confirió el valor que más adelante demostraría fue que le planteara todo el asunto como una especie de favor, por el que siempre merecería su agradecimiento. Ella se lo imaginaba rico, pero terriblemente extravagante; lo veía en medio del brillo del gran mundo, de las buenas maneras, de las ropas costosas, con encantadores modales para las damas. Su residencia en la ciudad era una gran casa, repleta de recuerdos de viaje y de trofeos de caza; pero deseaba que ella se dirigiera inmediatamente a su residencia de campo, una antigua posesión familiar situada en Essex.

Al morir los padres en la India, se había convertido en tutor de un sobrinito y una sobrinita, hijos de un hermano menor militar que había perdido hacía dos años. Estos niños, que una extraña casualidad había puesto en sus manos, constituían una pesada carga para un hombre de sus condiciones, soltero y sin la adecuada experiencia ni paciencia de ninguna clase. En su caso, todo aquello suponía preocupaciones y molestias, pero sentía una inmensa piedad por los jovencitos y había hecho por ellos cuanto estaba a su alcance; concretamente, los había enviado a su otra casa, puesto que nada podía sentarles mejor que estar en el campo, y allí los tenía al cuidado del mejor personal que había encontrado, prescindiendo incluso de sus propios criados y acercándose él mismo, siempre que le era posible, a ver cómo les iba. Lo embarazoso del asunto era que los niños, prácticamente, no tenían otros parientes y que a él sus asuntos lo tenían totalmente ocupado. Los había instalado en Bly, un lugar saludable y seguro, y había puesto a la cabeza de la casa, bien que sólo de la planta baja, a una excelente mujer, la señora Grose, que estaba convencido de que agradaría a su visitante y que había sido en otro tiempo doncella de su propia madre. Ahora era el ama de llaves y, a la vez, se ocupaba de vigilar a la jovencita por quien, por suerte, no teniendo hijos, sentía una gran pasión. El personal auxiliar era abundante, pero, por supuesto, la institutriz que enviara detentaría la suprema autoridad. También debería ocuparse en vacaciones del niño, que llevaba ya cierto tiempo en un internado –aun siendo demasiado joven, pero ¿qué, si no, podía hacer él?– y que, estando al comenzar las vacaciones, llegaría de un día a otro. Al principio los dos niños habían tenido una señorita que, por desgracia, perdieron. Se había portado maravillosamente con ellos –era una persona respetabilísima– hasta su muerte, imprevisto que no había dejado otra solución que el internado para el pequeño Miles. Desde entonces, la señora Grose había hecho por Flora lo que había podido, en lo referente a modales y demás. Aparte, había cocinero, cuerpo de casa y una encargada de la lechería, todos ellos igualmente personas respetables.

Hasta aquí había llegado la descripción de Douglas cuando alguien hizo una pregunta:

—¿Y de qué murió la anterior institutriz? ¿De respetabilidad?

Nuestro amigo respondió en seguida:

—Ya se sabrá a su debido tiempo. No quiero adelantarme.

—Perdón, creía que era precisamente eso lo que estaba haciendo.

—De ocupar el lugar de la sucesora —insinué— hubiera deseado informarme de si el cargo llevaba consigo...

—¿Un peligro mortal? —completó Douglas mi pensamiento—. Ella quiso saberlo y lo supo. Mañana oirán lo que supo. Desde luego, en principio, la oferta la sorprendió porque era un poco rara. Ella era joven, inexperta y estaba nerviosa: las perspectivas eran de serias obligaciones y poca compañía, o más bien de gran soledad. Dudaba y se tomó un par de días para repensarlo. Pero el salario excedía en mucho sus posibilidades y, en una segunda entrevista, se hizo de valor y aceptó.

Y ahora Douglas hizo una pausa que, en beneficio del auditorio, me impulsó a meter baza:

—La moraleja que se desprende de lo dicho es, por supuesto, la seducción de que hizo gala el espléndido caballero, y a la que ella sucumbió.

Douglas se puso en pie y, lo mismo que la noche anterior, se acercó al fuego, removió la leña con el pie y durante unos instantes nos dio la espalda.

—Solamente lo vio dos veces.

—Sí, y en eso precisamente radica la belleza de su pasión.

Ante esto, que me sorprendió un poco, Douglas se volvió hacia mí.

—Fue hermoso —prosiguió—. Hubo otras que no sucumbieron. Él le contó francamente todas las dificultades, que para otras candidatas habían resultado prohibitivas. De alguna manera, sencillamente se asustaron. Aquello sonaba mal, sonaba raro, y mucho más teniendo en cuenta una última condición.

—¿Cuál era?

—Que nunca debía importunarlo, pero absolutamente nunca. Ni apelar a él ni quejársele ni escribirle. Ella sola debía resolver todos los problemas; recibiría el dinero de su abogado, se encargaría de todo y a él lo dejaría en paz. Ella prometió hacerlo así y me confesó que, cuando en un determinado momento, aliviado y complacido, él le cogió la mano, agradeciéndole su sacrificio, se sintió recompensada.

—¿Y ésa fue toda su recompensa? —preguntó una señora.

—Nunca volvió a verlo.

—¡Oh! —exclamó la señora, lo cual, dado que nuestro amigo nos dejó de inmediato, fue la última palabra importante aportada a la historia hasta que, a la noche siguiente, junto al rincón de la chimenea, sentado en el mejor sillón, Douglas abrió las tapas, de un color rojo desvaído, de un delgado álbum de cantos dorados y aspecto antiguo.

En total, la lectura llevó más de una noche, pero la misma señora, en la primera oportunidad, hizo otra pregunta:

–¿Qué título le ha puesto usted?

–No tengo título.

–¡Yo tengo uno! –dije. Pero, sin prestarme atención, Douglas había comenzado a leer con voz hermosa y clara, que venía a ser una transcripción oral de la bella caligrafía de la autora.

1

Todo el principio lo recuerdo como una sucesión de altibajos, un vaivén de emociones mejores y peores. En la ciudad, aun después de haberme animado a aceptar el ofrecimiento, pasé unos
días muy malos; de nuevo dudaba, en realidad
estaba convencida de haber cometido un error.
En este estado de ánimo transcurrieron las largas
horas traqueteantes de la diligencia que me con-
ducía al lugar donde sería recogida por un
vehículo enviado por la casa. Se me había dicho
que dispondría de este servicio y hacia el final de
la tarde de junio encontré el cómodo simón espe-
rándome. Viajar a aquella hora de un hermoso
día por una campiña cuya veraniega dulzura parecía ofrecer una cordial bienvenida, restableció
mi fortaleza, y al entrar en la avenida sentí un
alivio que probablemente sólo era una confirma-

ción de hasta qué punto me había sentido hundida. Supongo que me esperaba, o temía, algo tan melancólico que el lugar me deparó una agradable sorpresa. Recuerdo con especial agrado la gran fachada clara, con las ventanas abiertas, las cortinas de colores fuertes y el par de doncellas asomadas; recuerdo el prado y las flores brillantes, y el crujido de las ruedas sobre la gravilla, y las arracimadas copas de los árboles sobre las que trazaban círculos y graznaban las cornejas. El escenario tenía una grandeza que lo hacía algo muy distinto de mi modesto hogar. Inmediatamente apareció en la puerta, con una niña de la mano, una persona muy bien educada que al descender me hizo una gran reverencia, como si fuera la esposa de un visitante importante. En Harley Street me había hecho una idea más pobre del lugar y, al recordarlo, pensé que el propietario era aún más caballero y que tal vez fuese yo a disfrutar de algo más que de sus promesas.

No volví a deprimirme hasta el otro día, pues ocupé las horas siguientes en la triunfal toma de contacto con el menor de mis alumnos. Desde el primer momento, la niñita que acompañaba a la señora Grose me pareció una criatura tan encantadora que consideré una gran suerte encargarme de ella. Era la niña más bonita que yo hubiera visto y hasta me sorprendió que mi patrón no me hubiese hablado más de ella. Aquella noche dormí poco porque estaba demasiado nerviosa; y recuerdo que este nerviosismo me llamó la atención al contrastarlo con la liberalidad de que estaba siendo objeto. Todo me sorprendía, la inmensa e impresionante habitación, una de las mayores de la casa, el gran lecho que casi resultaba fastuoso, los cortinajes bordados, los enormes espejos en que por primera vez me vi de pies a cabeza, y lo mismo el extraordinario encanto de la pequeña a mi cargo y tantas otras cosas que se me venían encima. Caí también en la cuenta de que desde el primer momento había entablado cordiales relaciones con la señora Grose, lo que durante el viaje en la diligencia me había preocupado hasta hacerme madurar un plan. En realidad, lo único que hubiera podido amedrentarme en la primera composición de lugar era el patente hecho de que le causara tanta alegría verme. Al cabo de media hora me percaté de que estaba tan contenta que, a todas luces, intentaba no demostrarlo demasiado. Incluso me pregunté entonces por qué deseaba disimularlo, lo cual, de haber reflexionado con suspicacia, hubiera bastado para sentirme incómoda.

Pero era alentador que no hubiera dificultades para entrar en contacto con un ser tan beatífico como aparentaba ser mi radiante niñita, cuya angelical belleza fue probablemente el factor que más colaboró al desasosiego que me hizo levantarme antes del amanecer y dar repetidas vueltas por mi alcoba, examinando todos los detalles y perspectivas de la situación; observar desde mi ventana abierta el hermoso amanecer de verano, examinar todo lo que pude del resto de la casa y escuchar, mientras los pájaros iniciaban los primeros trinos en la decreciente oscuridad, la posible repetición de un par de ruidos poco naturales, procedentes no del exterior sino del interior, que me había imaginado. Hubo un momento en que creí reconocer, débil y lejano, el llanto de un niño; hubo otro en que, dándome perfecta cuenta, me asusté al sentir pasar por delante de mi puerta unos ligeros pasos. Pero estas fantasías no me impresionaron hasta el punto de ser indelebles, y si ahora me vuelven a la cabeza es a la luz o, mejor dicho, a las tinieblas de los posteriores acontecimientos. Cuidar, enseñar y «formar» a la pequeña Flora constituía, sin duda, una vida útil y feliz. En la planta baja habíamos convenido que desde aquel mismo momento yo me ocuparía de ella por la noche, y su camita blanca ya estaba dispuesta en mi cuarto con este fin. Yo me encargaría por completo de ella y, si había permanecido por última vez con la señora Grose, sólo había sido en consideración a nuestro inevitable desconocimiento y a su natural timidez. A pesar de esta timidez –de la que, de la forma más curiosa del mundo, con total franqueza y valor, sin el menor indicio de incomodidad o vergüenza, sino con la dulce y profunda serenidad de un Niño Jesús de Rafael, la propia niña había consentido en hablar, en que se le imputara y en que decidiera nuestra conducta–, estaba absolutamente segura de que pronto me querría. En parte, la señora Grose me había gustado al apreciar el pasmo que le procuraba ver mi extrañeza y admiración cuando me senté a cenar, entre cuatro candelabros, con mi alumna montada en su silla alta, con el babero puesto, y mirándome resplandeciente por encima de los platos. Desde luego, había cosas que en presencia de Flora sólo podíamos transmitirnos mediante miradas prolongadas y aprobatorias, mediante alusiones oscuras e indirectas.

—Y el niño, ¿se parece a ella? ¿Es también tan excepcional?

No se debería adular a los niños.

—Ay, señorita, *muchísimo* más excepcional. ¡Si ésta le parece a usted bien!

Y ahí se quedó, con un plato entre las manos, echando una luminosa mirada a nuestra compañerita, que llevaba de una a otra sus celestiales ojos serenos sin en absoluto interrumpirnos.

—Sí, si yo...

—¡El caballerito la fascinará!

—Bueno, creo que para eso he venido: para ser fascinada. Y no obstante, me da miedo.

Recuerdo que tuve la tentación de añadir: «¡Soy fácil de fascinar! ¡Quedé fascinada en Londres!»

Aún veo el ancho rostro de la señora Grose encajando lo dicho.

—¿En Harley Street?

—En Harley Street.

—Bueno, señorita, no es usted la primera... ni será la última.

—No tengo la pretensión —conseguí reír— de ser la única. De todas formas, si no he entendido mal, mi otro alumno llega mañana.

—Mañana, no; el viernes, señorita. Llegará, como usted, en la diligencia, al cuidado del cochero, e irá a recibirlo el mismo carruaje.

Sin dilación, manifesté que lo adecuado, al tiempo que agradable y simpático, sería que su hermanita y yo lo esperásemos en la parada de la posta; la señora Grose se mostró tan sinceramente de acuerdo con la idea que interpreté su proceder como una especie de brindis reconfortante —¡nunca desmentido, gracias a Dios!— por que actuáramos al unísono ante cualquier problema. ¡Ay, sí estaba contenta de tenerme allí!

Lo que experimenté al día siguiente, supongo, no fue nada que pueda calificarse en justicia de reacción frente a la alegría de la llegada; posiblemente, como máximo, sólo fue la ligera opresión producida por la mayor escala de mis nuevas circunstancias mientras daba vueltas a su alrededor, las escrutaba y trataba de tomar posesión de ellas. Eran, por así decirlo, de una extensión y un volumen para los que yo no estaba preparada y en cuya presencia, dicho sea sin remilgos, me sentía asustada y orgullosa. Como consecuencia de esta agitación, claro está, las lecciones sufrieron un cierto retraso; concluí que mi primera obligación consistía en arreglármelas, con la ayuda de cuantos sutiles manejos pudieran ocurrírseme, para que la niña tuviera la sensación de conocerme. Pasé el día con ella al aire libre; convinimos, para su satisfacción, que debía ser ella y sólo ella quien me enseñara el lugar. Me lo enseñó paso a paso y habitación por habitación, y secreto por secreto, en medio de una deliciosa y festiva conversación infantil, y con el resultado de lograr ser grandes amigas al cabo de media hora. Teniendo en cuenta su corta edad, a lo largo de nuestro recorrido me sorprendió su seguridad y valor en las salas vacías y en los pasillos tenebrosos, en las escaleras tortuosas, que me hacían pararme, e incluso en la cima de una torre cuadrangular con matacanes que me produjo vértigo; me sorprendió su tono quejumbroso y su facilidad para contarme muchas más cosas de las que yo le preguntaba, mientras me guiaba de un sitio a otro. No he vuelto a ver Bly desde el día que lo abandoné y me atrevo a suponer que, a mis ojos avejentados y mejor informados, ahora resultaría mucho menos grandioso. Pero cuando mi pequeña guía, con sus cabellos dorados y su trajecito azul, danzaba precediéndome, doblando esquinas y pateando pasillos, tuve la sensación de que era un castillo de fábula, habitado por un duende color rosa, un lugar donde podía disfrutar de todos los matices de los libros fantásticos y de los cuentos de hadas. ¿No sería precisamente un libro de cuentos sobre el que me había quedado dormida echando una cabezada? No, era una casa antigua, grande y fea, pero cómoda, que mantenía algunos rasgos de un edificio aún más viejo, medio reemplazado y medio reconstruido, donde tuve la sensación de que nuestra existencia estaba casi tan perdida como la de un puñado de pasajeros en un gran buque a la deriva. ¡Y en fin, curiosamente, yo llevaba el timón!

2

Esto se me hizo presente dos días después cuando, en compañía de Flora, partí a conocer al caballerito, como decía la señora Grose; y mucho más cuanto que un incidente, acaecido al segundo atardecer, me desconcertó profundamente. Como he dicho, el primer día fue en conjunto tranquilizador; pero, al atar cabos, lo vería con fuertes aprensiones. El correo, que llegó retrasado aquella tarde, trajo una carta para mí que, aunque de puño y letra de mi patrón, resultó no contener más que unas cuantas palabras y otra carta, dirigida a él, con el sello sin abrir. «He reconocido, por la letra, que es el director del colegio y el director del colegio es un terrible pelmazo. Léala usted, por favor, y entiéndase con él; pero recuerde que no debe decirme nada. Ni una palabra. ¡Yo no tengo nada que ver!» Rompí el sello con gran esfuerzo, tanto que tardé un rato en conseguirlo; al final, llevé la misiva sin abrir a mi cuarto y sólo en el momento de acostarme me atreví a enfrentarme con ella. Mejor hubiera hecho en dejarla para la mañana siguiente, pues me costó una segunda noche de insomnio. No teniendo a quien dirigirme en busca de consejo, al día siguiente era presa de la angustia; y por último consideré que más valía confiarme, al menos, a la señora Grose.

—¿Qué significa eso? Que ha sido expulsado el niño del colegio.

Me echó una mirada que en aquel mismo momento me llamó la atención; luego, empalideciendo, hizo un visible esfuerzo por disimular.

—¿No los mandan a todos...?

—Sí, a casa. Pero sólo de vacaciones. Miles no volverá nunca más.

Dándose cuenta de mi atención, se puso colorada.

—¿No quieren tenerlo?

—Se niegan terminantemente.

Ante esto, levantó los ojos que había escondido y los vi llenos de auténticas lágrimas.

—¿Qué ha hecho?

Dudé; luego me pareció más sencillo darle la carta, lo que, sin embargo, dio lugar a que se pusiera las manos en la espalda sin cogerla. Denegó tristemente con la cabeza.

—Esas cosas no son para mí, señorita.

¡Mi consejera no sabía leer! Vacilé ante mi error, que quise arreglar como pude, y volví a abrir la carta para repetírsela. Luego, temblando al hacerlo y doblándola de nuevo, la devolví a mi bolsillo.

–¿Realmente es malo?

Las lágrimas seguían en sus ojos.

–¿Dicen eso los señores?

–No entran en detalles. Se limitan a manifestar su pesar por serles imposible mantenerlo en el colegio. Eso sólo significa una cosa.

La señora Grose escuchaba con latente emoción y se abstuvo de preguntarme qué podía significar aquello; así que, a continuación, para ordenar mis ideas y con la simple ayuda que me proporcionaba su presencia, agregué:

–Dicen que es un peligro para los otros chicos.

Entonces, con una de esas súbitas salidas de tono de las gentes sencillas, se exaltó:

–¡El señorito Miles! ¿Que él puede ser un peligro?

Había tal derroche de buena fe en sus palabras que, aun no habiendo visto nunca al niño, mis propios temores me hicieron intuir el sinsentido de la idea. Para corresponder lo mejor posible con mi amiga, yo misma exclamé con sarcasmo en el acto:

–¡A sus pobres e inocentes compañeritos!

–¡Es espantoso! –gritó la señora Grose–. ¡Decir semejantes cosas! Pero si apenas tiene diez años.

–Sí, es increíble.

Evidentemente agradecía mi declaración de fe.

–Véalo primero, señorita. Luego, ¡créalo!

Desde entonces me sentí impaciente por conocerlo: fue el comienzo de una curiosidad que en las horas posteriores habría de agudizarse hasta casi ser dolorosa. Pude percibir que la señora Grose se daba cuenta de los sentimientos que me había provocado. Ella prosiguió, asegurándome:

–Lo mismo se podrá creer eso de la señorita. Dios la bendiga –añadió en seguida–. ¡Mírela!

Volví la cara y vi a Flora –instalada desde hacía diez minutos en la sala de estudio con una hoja de papel en blanco, un lápiz y una hermosa página para copiar de oes redondas–, que se asomaba a mirar por la puerta abierta. A su manera, ponía de manifiesto un extraordinario despego por las desagradables obligaciones, mirándome, sin embargo, con su gran inteligencia infantil, que me ofrecía, sencillamente, como consecuencia del afecto que había concebido por mi persona, el cual la impulsaba a seguirme. Necesitaba algo más para sentir con toda su fuerza la comparación hecha por la señora Grose y, cogiendo en brazos a mi alumna, la cubrí de besos repletos de sollozos de expiación.

No obstante, durante el resto del día busqué nuevas oportunidades de acercarme a mi colega, sobre todo cuando, hacia el anochecer, empecé a imaginarme que ella más bien me rehuía. La abordé en la escalera; bajamos juntas y abajo la detuve, cogiéndola por el brazo.

–He entendido lo que me ha dicho a mediodía como una declaración de que *usted* no sabe que el niño haya sido nunca malo.

Ella echó hacia atrás la cabeza; para entonces había adoptado una actitud clara y honesta.

–Que yo no he sabido que él... ¡No es *eso* lo que quise decir!

De nuevo me sentí turbada.

–Entonces, ¿ha sabido usted que...?

–Desde luego que sí, señorita. ¡Gracias a Dios! Pensándolo bien, lo acepté.

–¿Se refiere a que el niño que nunca...?

–¡Para mí no es un niño!

La sujeté con más fuerza.

–¿Le gusta que sean traviesos?

Luego, al mismo tiempo que su respuesta, exclamé con vehemencia:

–¡Eso mismo creo yo! Pero no hasta el punto de contaminar.

–¿Contaminar?

Mi extravagante palabra la había dejado perpleja.

Me expliqué:

–Corromper.

Me miró fijamente, asumiendo lo que quería decir.

–¿Tiene miedo de que la corrompa a *usted*?

Hizo la pregunta con tan fino y descarado humor que, junto a una risa sin duda destinada a hacer juego con la suya, caí momentáneamente en la aprensión de estar haciendo el ridículo.

Pero al día siguiente, al acercarse la hora de salir en el carruaje, la sorprendí en otro sitio.

–¿Qué tal era la señorita que había antes?

–¿La anterior institutriz? Era también joven y bonita, casi tan joven y casi tan bonita como usted.

–¡Pues espero que su juventud y su belleza la ayudaran! –recuerdo que exclamé–. ¡Parece que le gustamos jóvenes y bonitas!

–¡Sí que es así! –asintió la señora Grose–. ¡Así es como le gustaba que sea todo el mundo! –No había terminado de decirlo cuando se retuvo–. Quiero decir que es su manera de ser, la manera de ser del amo.

Me sorprendí.

–Pero ¿de quién hablaba antes?

Parecía estar blanca, pero enrojeció.

–Pues de él.

–¿Del amo?

–¿De quién, si no?

Era tan obvio que en un instante desapareció la sensación de que, accidentalmente, la señora Grose había dicho más de lo que hubiera querido decir; y me limité a preguntarle lo que deseaba saber:

–¿Vio ella alguna cosa en el niño?

–¿Algo que no estuviera bien? Nunca me dijo nada.

Tenía escrúpulos, pero los pasé por alto.

–¿Era... especialmente cuidadosa?

La señora Grose puso cara de tratar de ser concienzuda.

–En ciertas cosas, sí.

–Pero no en todas.

De nuevo meditó.

—Bueno, señorita... Ha muerto. No quiero contar chismes.

—Comprendo sus sentimientos —me apresuré a replicar; pero en seguida pensé que lo dicho no era óbice para proseguir—: ¿Murió aquí?

—No, se fue.

No sé qué me llamó la atención en el laconismo de la señora Grose y me hizo percibir cierta ambigüedad.

—¿Se fue para morirse?

La señora Grose miraba obstinadamente por la ventana, pero yo me sentía con derecho a saber lo que se esperaba de las jóvenes contratadas en Bly.

—¿Quiere decir que se encontraba enferma y fue trasladada a su casa?

—En esta casa no se puso enferma, o al menos no se notó. Se marchó a final de año, a su casa, según dijo, para unas cortas vacaciones, a las que sin duda tenía derecho por el tiempo que llevaba aquí. Entonces teníamos una mujer joven, una niñera, que era una chica buena y lista, y que se quedó y se encargó de los niños durante ese tiempo. Pero nuestra señorita no regresó; precisamente cuando la estábamos esperando, supe por el amo que había muerto.

Volví a la carga:

—Pero ¿de qué?

—¡Nunca me lo han dicho! Por favor, señorita —dijo la señora Grose—, tengo que ocuparme de mis tareas.

3

Por suerte para mis preocupaciones, aquella forma de dejarme plantada de la señora Grose no ahogó el nacimiento de nuestro aprecio. Después de llevar a casa al pequeño Miles, surgió una mayor intimidad como consecuencia de mi asombro e indignación ante la monstruosidad de que un niño como el que acababa de conocer pudiera haber sido objeto de una expulsión. Llegué un poco tarde a la cita, cuando él me buscaba ansiosamente por la puerta de la posada donde había descendido de la diligencia, e inmediatamente sentí en su resplandeciente frescura, por dentro y por fuera, la misma sensible fragancia de pureza que había apreciado desde el primer momento en la hermanita. Era increíblemente guapo y, como había dicho la señora Grose poniendo el dedo en la llaga, su presencia lo barría todo excepto aquella especie de apasionada ternura que despertaba. Lo que allí y entonces me tocó el corazón fue algo divino que nunca he encontrado en ningún otro niño: su indescriptible aire de no conocer nada del mundo que no fuera el amor. Hubiera sido imposible emparejar la mala fama con una mayor dulzura e inocencia, y cuando regresé con él a Bly seguía estando aturdida –si es que no ultrajada– por la acusación de la horrible carta que guardaba en un cajón de mi dormitorio. En cuanto tuve oportunidad de hablar a solas con la señora Grose le manifesté que aquello era grotesco.

Me entendió de inmediato.

–¿Se refiere usted a la cruel acusación...?

–Resulta insostenible ni por un instante. Amiga mía, *¡mírelo!*

Sonrió ante mi presunción de haber descubierto el encanto del niño.

–¡Le aseguro, señorita, que yo nunca he creído otra cosa! ¿Qué va a decir usted ahora? –añadió en seguida.

–¿En respuesta a la carta? –Había tomado una decisión–. Nada.

–¿Y al tío?

Fui tajante:

–Nada.

–¿Y al propio muchacho?

Estuve maravillosa.

–Nada.

Ella se restregó el delantal por la boca.

–Entonces, yo estaré de su parte. Nosotras nos las arreglaremos.

–¡Nosotras nos las arreglaremos! –repetí con entusiasmo, dándole la mano para convertir aquello en un juramento.

Ella me la cogió un instante, después volvió a sacudirse el delantal con la mano libre.

–¿Le importaría, señorita, que me tomara la libertad de...?

–¿De darme un beso? ¡No!

Cogí a la buena mujer entre mis brazos y, después de besarnos como hermanas, me sentí aún más fortalecida e indignada.

Así fueron aquellos días, en todos los aspectos, unos días tan pletóricos que, al recordar cómo transcurrieron, me hacen pensar en el ingenio que necesitaría para definirlos. Lo que me asombra es recordar la situación que acepté. Había emprendido junto con mi compañera la tarea de arreglar las cosas y estaba bajo un encantamiento que, al parecer, tenía la facultad de suavizar todas las dificultades y complejidades de semejante tarea. Iba en volandas, llevada por una gran ola de amor y piedad. En mi ignorancia, confusión y tal vez fantasía, encontraba sencillo hacerme cargo de un muchacho cuya educación mundana estaba apenas en sus inicios. En este momento no soy capaz de recordar qué planes tramé para cuando terminaran las vacaciones del niño y tuviese que reemprender los estudios. De hecho, todos contábamos con que recibiría mis lecciones durante aquel encantador verano; pero ahora tengo la sensación de que durante semanas más bien fui yo quien recibió las lecciones. Aprendí algo que indudablemente no había formado parte de las enseñanzas de mi corta y limitada existencia; aprendí a divertirme e incluso a divertir a los demás, y a no pensar en el mañana. En cierto sentido, era la primera vez que conocía el espacio, el aire y la libertad, toda la música del verano y todo el misterio de la naturaleza. Y además era respetada, con un respeto muy dulce. Ay, fue una trampa –no planeada, pero profunda– para mi imaginación, para mi delicadeza y quizá para mi vanidad, para lo que tuviese más excitable. La mejor manera de dar una idea general sería diciendo que había bajado la guardia. Me ocasionaban tan pocas preocupaciones, eran de una educación tan fuera de lo normal... Solía reflexionar, e incluso esto de forma ofuscada e incoherente, sobre cómo los trataría o si los maltrataría el cruel futuro, ¡pues todos los futuros son crueles! Estaban en la flor de la salud y de la felicidad; y sin embargo, como si hubiera tenido a mi cargo un par de jóvenes de sangre noble, principescos, a quienes debe ocultárseles todo y protegerlos de todo para obrar bien, la única idea que podía concebir de sus años posteriores era la romántica extensión, verdaderamente digna de un rey, del jardín y del parque. Desde luego, es probable que lo que repentinamente estalló en medio de todo esto fuera lo que confirió a la época anterior el encanto de la quietud, de ese sosiego donde algo se fragua o agazapa. Realmente, el cambio fue como el salto de un animal salvaje.

Los días de las primeras semanas fueron largos; con frecuencia, los mejores, me dejaban lo que yo llamaba mi hora, la hora en que, habiendo llegado y pasado la hora del té y la hora de acostarse mis alumnos, antes de retirarme definitivamente disponía de un pequeño intervalo de soledad. Aun gustándome mucho mis compañeros, esta hora era la que más me agradaba del día; y me agradaba sobre todo cuando, mientras se desvanecía la luz –o mejor sería decir que el día se consumía y sonaban en el cielo enrojecido las últimas llamadas de los últimos pájaros desde las copas de los árboles–, podía dar una vuelta por el jardín y disfrutar, casi con sensación de propietaria, lo que me halagaba y divertía, de la belleza y la dignidad del lugar. En aquellos momentos era un placer sentirme tranquila y justificada; sin duda, quizá también el reflexionar que, gracias a mi discreción, a mi buen sentido y ejemplar comportamiento, estaba proporcionando un placer –¡si es que alguna vez él se acordaba de eso!– a la persona a cuyas presiones había respondido. Estaba haciendo lo que él tan vehementemente esperaba y tan directamente me había pedido, y después de todo, el *poder* hacerlo estaba satisfaciéndome aún más de lo que había supuesto. Me atrevo a decir que, en resumidas cuentas, me imaginaba a mí misma como una joven singular y me reconfortaba con la idea del público reconocimiento. Vaya, que necesitaba ser singular para hacer frente a las cosas singulares que pronto darían sus primeras señales de vida.

Una tarde, en medio de mi hora, ocurrió de repente. Los niños estaban recogidos y yo había salido a dar mi paseo. Uno de los pensamientos que me rondaban durante estos vagabundeos, aunque ahora no tiemble al escribirlo, consistía en que sería tan maravilloso como una fábula encontrarme de repente con alguien. Alguien que aparecía al volver un recodo de la senda, se me plantaba delante, me sonreía y me daba su beneplácito. No pedía más, sólo que lo *supiera;* y la única forma de estar segura de que lo sabía era verlo con el rostro iluminado por la amable luz de la comprensión. Iba precisamente pensando en esto –en la cara, quiero decir– cuando, en la primera de estas ocasiones, al final de un largo día de junio, me detuve un momento al salir de uno de los parterres y estando ya a la vista de la casa. Lo que me detuvo en seco, con mayor sobresalto de lo que me hubiera ocasionado ninguna visión, fue la sensación de que mis imaginaciones se habían hecho realidad. ¡Allí estaba! Pero allá arriba, más allá del prado y en lo alto de la torre a que me había conducido la pequeña Flora en mi primer día. Esta torre formaba parte de un par de torres, almenadas y de una discordante estructura cuadrangular, que por la razón que fuese se denominaban la nueva y la vieja, aunque yo les veía muy pocas diferencias. Flanqueaban ambas alas de la casa y probablemente eran absurdos arquitectónicos, redimidos en cierta medida por no estar completamente aislados ni ser de una altura demasiado pretenciosa, datando su fachosa antigüedad de una moda neorromántica que ya constituía un respetable pasado. Las admiraba, fantaseaba sobre ellas, y hasta cierto punto disfrutábamos, sobre todo, cuando se alzaban contra el crepúsculo, de la grandeza de sus almenas; sin embargo, no era tal elevación el lugar más adecuado para la persona que tantas veces yo invocaba.

Aquella figura recortada contra la claridad del atardecer, recuerdo, me produjo dos emociones distintas, dos sobresaltos tajantemente diferenciados, que constituyeron una primera y una segunda sorpresa. La segunda consistió en la violenta conciencia del primer error: el hombre que veían mis ojos no era la persona que precipitadamente había supuesto. Entonces tuve una escabrosa visión que después de tantos años aún no estoy segura de transmitir con toda su viveza. Un desconocido en un lugar solitario constituye un reconocido motivo de temor para una joven bien educada; y la figura que me encaraba –después de unos segundos estuve segura– no era nadie que yo conociera como tampoco era la persona que tenía en mi pensamiento. No la había visto en Harley Street y no la había visto en ninguna parte. Además, lo que era un tanto curioso, desde aquel instante y por el puro hecho de su presencia, el lugar se había vuelto un desierto. Mientras reconstruyo los hechos con mayor minuciosidad que nunca, revivo toda la emoción del momento. Fue como si, mientras me concentraba en aquello, todo el resto de la escena quedara herido de muerte. Mientras escribo aún puedo oír el hondo sosiego en que iban cayendo los ruidos de la tarde. Las cornejas dejaron de graznar, el cielo dorado y la amable hora habían perdido todas sus voces en un minuto. Pero no hubo ningún otro cambio en la naturaleza, a menos que fuera un cambio lo que percibía con tan rara claridad. El cielo seguía dorado, la atmósfera era luminosa y el hombre que me miraba por encima de la almena estaba tan nítido como enmarcado en un cuadro. Entonces pensé con extraordinaria rapidez en cada una de las personas que hubiera podido ser y que no era. Estuvimos mirándonos desde lejos el tiempo suficiente como para preguntarme por quién sería y, como consecuencia de la incapacidad para responder, sentirme presa de un pasmo que por segundos iba creciendo de intensidad.

Yo sé que la gran pregunta en relación con ciertas cosas, o una de las grandes preguntas, consiste en preguntarse después cuánto tiempo han durado. En este caso mío, crean ustedes lo que crean, duró lo que tardé en escoger entre una docena de posibilidades, ninguna mejor que las demás, que probablemente había en casa —y

¿desde cuándo?– una persona desconocida. Duró mientras me lo estuve reprochando, con la convicción de que mi cargo imponía que no hubiera tal ignorancia ni tal persona. Duró mientras el visitante –y recuerdo que el hecho de no llevar sombrero le daba un extraño toque de libertad, de familiaridad– me estuvo mirando fijamente desde su posición, haciéndose la misma pregunta y sometiéndome al mismo examen que su presencia había despertado en mí. Estábamos demasiado lejos para hablarnos, pero hubo un momento en que, de ser el espacio más reducido, la consecuencia lógica de nuestra mutua fijeza hubiera debido consistir en una especie de desafío que rompiera la calma. Estaba en uno de los ángulos, el más alejado de la casa, rígido como para llamar la atención y con las dos manos sobre la balaustrada. Lo vi como veo las letras que escribo en esta página; luego, al poco, como si deseara agrandar el panorama, cambió de lugar y pasó a la esquina opuesta de la plataforma, sin dejar nunca de mirarme. Sí, tuve la agudísima sensación de que durante el desplazamiento en ningún momento me quitó los ojos de encima, en tanto avanzaba y lo veía acariciar con la mano los sucesivos dientes de la almena. Se detuvo en la otra esquina, pero menos rato, y aún al darse la vuelta concentró los ojos claramente sobre mí. Luego desapareció. Eso fue todo lo que vi.

4

No es que yo no esperara más en esta ocasión, pues me quedé tan firmemente plantada al suelo como agitada estaba. ¿Había un secreto en Bly, un misterio de Udolpho o algún pariente loco e innombrable, confinado sin que nadie lo sospechara? No sabría decir cuánto duró aquello ni cuánto tiempo permanecí donde había recibido el golpe, confundida entre la curiosidad y el terror; sólo recuerdo que cuando regresé a la casa la oscuridad era casi total. Por supuesto, en el intervalo había sido presa de la agitación y debí caminar unas tres millas dando vueltas por el lugar. Pero más adelante sería hasta tal punto presa del sobrecogimiento que esta primera luz de alarma vino a ser, comparativamente, un simple escalofrío. En realidad, lo más singular del asunto –habiendo sido singular todo– fue el papel que representé en el vestíbulo al darme cuenta de la presencia de la señora Grose. Este cuadro me vuelve a la cabeza, en medio del relato general, como la impresión que me causó a mi regreso el amplio espacio de paneles blancos, resplandeciente a la luz de la lámpara, con los retratos y la alfombra roja, y la sorprendida y bondadosa mirada de mi amiga, quien me dijo que me había echado de menos. Al encontrarla comprendí, viendo su absoluta sinceridad, y sus nervios aliviados por mi presencia, que no sabía absolutamente nada en relación con el incidente que yo tenía listo para contarle. No había sospechado antes que su agradable voz pudiera contenerme, y de alguna manera, en el trance de dudar si mencionarlo, aprecié la importancia de lo que había visto. En toda esta historia, casi nada me parece tan raro como el hecho de que los comienzos de mis miedos y el impulso instintivo de mantener al margen a mi compañera fueran, por así decirlo, una misma cosa. En consecuencia, en aquel momento, en medio del vestíbulo y con sus ojos sobre mí, por alguna razón que entonces no hubiera podido explicar, que percibí como una conmoción interior, me excusé vagamente por mi tardanza y, con la disculpa de la belleza de la noche, de la intensidad del rocío y de la humedad de los pies, me retiré lo antes posible a mi alcoba.

Entonces comenzó otra cosa; durante algunos días la cosa fue bastante extraña. De vez en cuando había horas, o por lo menos momentos, incluso intercalados entre las tareas cotidianas, en que necesitaba encerrarme a pensar. No era tanto que me encontrase más nerviosa de lo que era capaz de soportar como que sentía un insoslayable miedo a llegar a estarlo; pues la verdad que ahora debía afrontar era, llana y lisamente, la verdad de que no conseguía saber nada del visitante, con quien había mantenido un contacto tan inexplicable y, sin embargo, tan íntimo en mi opinión. Tardé poco en comprender que era posible sondear sin recurrir a interrogatorios ni a comentarios que llamaran la atención y dieran lugar a complicaciones domésticas. La conmoción sufrida debió agudizarme todos los sentidos; al cabo de tres días, y sólo mediante una mayor atención, estaba convencida de no estar siendo perseguida por los criados ni ser objeto de ninguna clase de broma. Fuera lo que fuese aquello de lo que yo no sabía nada, nada sabían tampoco quienes me rodeaban. Sólo cabía sacar una conclusión razonable: alguien se había tomado una libertad bastante indecorosa. Para decirme eso necesité meterme repetidas veces en mi cuarto y encerrarme con llave. Todos habíamos sido objeto de una intrusión: algún viajero sin escrúpulos, con curiosidad por las casas antiguas, se había abierto paso sin ser visto y había disfrutado del panorama desde el mejor punto de vista, y luego había escapado de la misma forma que entró. La mirada prolongada y fija con que me había encarado formaba parte de su misma indiscreción. Lo bueno, a fin de cuentas, era que podíamos estar seguros de nunca volver a verlo.

Esta conclusión no bastaba, he de admitirlo, para hacerme olvidar que lo que restaba importancia a todas las demás cosas era, fundamentalmente, el encanto de mi trabajo. Mi encantador trabajo era mi vida con Miles y Flora, y de ninguna otra forma podía apreciarlo tanto como al percibir que ahí era donde ahogaba mis penas. El atractivo de los pequeños a mi cargo era un constante placer y me llevaba a extrañarme de la vacuidad de mis primeros miedos, el disgusto que al principio me causaba el prosaísmo de mi oficio. Al parecer, no había tal gris prosaísmo ni prolongada machaconería. ¿Cómo no iba a ser encantador un trabajo que se presentaba lleno de cotidiana belleza? Tenía toda la fábula de la guardería y toda la poesía del aula. Desde luego, con esto no quiero decir que sólo estudiáramos cuentos y versos; quiero decir que no sé cómo expresar de otro modo el tipo de interés que me inspiraban mis compañeros. Cómo podría describirlo sino diciendo que, en vez de acostumbrarme a ellos –y eso es maravilloso para una institutriz: ¡yo lo llamo la hermandad de los testigos!–, hacía constantes descubrimientos nuevos. Había una dirección donde sin duda se detenían estos descubrimientos: una profunda oscuridad seguía recubriendo la conducta del muchacho en el colegio. Pronto tuve oportunidad, ya lo he dicho, de contemplar ese misterio sin angustia. Quizás sería más cierto decir que, sin una palabra, él mismo lo puso en claro. Había hecho que toda la acusación fuese absurda. Mi conclusión floreció al contacto con el sonrojo de su inocencia: sencillamente, era demasiado puro y limpio para el mundillo sucio y tenebroso del colegio. Reflexioné perspicazmente que la constatación de tales diferencias, de tal superioridad, siempre da lugar, inevitablemente, a la venganza de la mayoría, de la que pueden formar parte los directores sórdidos y estúpidos.

Ambos niños eran de una delicadeza −era su única falta, sin por eso resultar Miles blandengue− que los hacía, ¿cómo podría decirlo?, casi impersonales y, desde luego, absolutamente imposible castigarles. Eran como los querubines de la historia que, pasara lo que pasase, moralmente no tenían de qué arrepentirse. Recuerdo que, sobre todo con Miles, tenía la sensación de que no tuviera pasado, por así decirlo. Poco pasado esperamos de los niños pequeños, pero este precioso niño extraordinariamente sensible y, sin embargo, extraordinariamente feliz, más de lo que yo hubiera visto en ninguna criatura de su edad, me sorprendía renaciendo nuevo todos los días. Jamás había sufrido ni durante un segundo. Consideré que esto era una prueba en contra de que jamás hubiera sido castigado. De haber sido perverso, habría sido «cogido», y yo lo habría cogido de rebote, habría encontrado un rastro. No encontraba nada y, en consecuencia, tenía que ser un ángel. Nunca hablaba del colegio, nunca mencionaba a los compañeros ni a los profesores, y yo por mi parte estaba demasiado predispuesta contra ellos para nombrarlos. Desde luego, estaba encantada y lo más curioso de todo es que, incluso entonces, me daba perfectamente cuenta de estarlo. Pero eso no me preocupaba; era un antídoto contra el dolor y yo tenía más de un dolor. Por aquellos días iba recibiendo cartas de mi casa donde las cosas no iban bien. Pero estando con mis niños, ¿qué podía importarme en el mundo? Tal era la pregunta que solía formularme en mis momentáneos retiros. Estaba deslumbrada por su gracia.

Hubo un domingo –para proseguir–, que llovió con tal fuerza y tantas horas que no pudimos dar el paseo hasta la iglesia, y en consecuencia, al caer la tarde, acordé con la señora Grose que, si mejoraba el tiempo, asistiríamos juntas al último servicio. Por suerte, la lluvia cesó y me preparé para el paseo que, cruzando el parque y por el buen camino de la aldea, sería cuestión de unos veinte minutos. Al bajar las escaleras para reunirme con mi colega en el vestíbulo, me acordé de un par de guantes necesitados de unas puntadas y que había cosido –dándoles una publicidad tal vez poco edificante– mientras acompañaba a los niños en la hora del té, que los domingos, por excepción, se servía en el templo frío y limpio, de caoba y de bronce, que era el comedor de los «mayores». Los guantes se habían quedado allí y volví para recogerlos. El día estaba bastante gris, pero aún quedaba luz y eso me permitió, al franquear el umbral, no sólo reconocer los objetos buscados sobre una silla próxima al gran ventanal, en aquellos momentos cerrado, sino percibir a una persona al otro lado de la ventana que miraba atentamente. Bastó dar un paso dentro de la sala; mi visión fue inmediata; allí estaba. La persona que me miraba atentamente era la misma persona que se me había aparecido antes. Así pues, se presentaba de nuevo, no quiero decir que con mayor claridad, porque eso era imposible, pero sí con una mayor proximidad que significaba un paso adelante en nuestra relación y que, al verlo, hizo que se me cortara la respiración y que me quedara helada. Era el mismo, la misma persona, y esta vez lo veía, igual que lo había visto antes, de cintura para arriba, pues el ventanal no descendía hasta el nivel de la terraza donde estaba, aun estando el comedor en la planta baja. Tenía la cara pegada al cristal y, sin embargo, curiosamente, el efecto de esta mejor perspectiva consistía en permitir apreciar lo nítido que había sido la visión anterior. Sólo permaneció unos cuantos segundos, los bastantes para convencerme de que él también me veía y reconocía; pero fue como si pasara años mirándolo y lo conociera desde siempre. No obstante, esta vez ocurrió algo que no había sucedido antes; la mirada fija en mi cara, atravesando el cristal y el comedor, era tan profunda y dura como la otra vez, pero se apartó un momento, durante el cual pude observarlo, recorriendo diversos objetos. En seguida se sumó al sobresalto la certeza de que no había venido por mí. Había venido por otra persona.

En medio del terror, el destello de esta idea me produjo el más extravagante efecto, dando lugar, mientras permanecía de pie y quieta, a una repentina vibración del sentido del deber y del valor. Digo valor, porque no cabe duda de que fui muy lejos. Crucé de un salto el umbral del comedor, pasé el de la casa, alcancé en un momento la avenida y, atravesando la terraza en una carrera tan rápida como pude, doblé la esquina y alcancé un punto de vista perfecto. Pero entonces me encontré a la vista de nada: mi visitante se había desvanecido. Me detuve, casi me caí, con el alivio; pero fui repasando todo el escenario, dejándole tiempo para reaparecer. Digo tiempo, pero ¿cuánto tiempo fue? Hoy no puedo precisar la duración de estas cosas. Este sentido de la medida debió perdérseme, las cosas no pudieron durar lo que realmente me parecía que duraban. La terraza y todo el lugar, el prado y el jardín situados más allá, y todo lo que podía ver del parque, todo estaba vacío y era de una inmensa vaciedad. Había maleza y grandes árboles, pero recuerdo que tuve la clara certeza de que nada de eso lo escondía. Estaba o no estaba; si no lo veía, no estaba. Me aferré a esta idea; luego, instintivamente, en lugar de volver al lugar de donde había salido, me acerqué a la ventana. Tenía la confusa sensación de que debía situarme donde él había estado. Eso hice; acerqué la cara al panel y miré, como él había mirado, hacia el interior. En aquel momento, como para demostrarme cuál había sido exactamente su ángulo de visión, al igual que yo había hecho para él, la señora Grose entró procedente del vestíbulo. De este modo logré una perfecta repetición de lo ocurrido. Ella me vio como yo había visto a mi visitante; en seguida se sobresaltó, como yo me había sobresaltado; le causé un poco la misma conmoción que yo había sufrido. Se puso blanca y eso me hizo preguntarme si habría yo empalidecido mucho. En resumen, se quedó con la mirada fija y retrocedió, exactamente como yo lo había hecho, y entonces comprendí que habría salido y que estaba dando la vuelta para buscarme y que en seguida estaría conmigo. Permanecí donde estaba, y, mientras aguardaba, pensé en más de una cosa. Pero sólo una merece mencionarse. Me pregunté por qué se habría asustado.

5

Me lo hizo saber en cuanto, volviendo la esquina de la casa, se puso de nuevo ante mi vista.

—En el nombre de Dios, ¿qué ocurre?

Ahora estaba sonrojada y sin aliento.

No dije nada hasta tenerla muy cerca.

—¿A mí? —Debía tener una cara de gran pasmo—. ¿Se me nota?

—Está usted blanca como el papel. Parece aterrorizada.

Reflexioné: indudablemente podía reconocer su inocencia. Mi necesidad de respetar el sonrojo de la señora Grose se había desvanecido calladamente y, si momentáneamente vacilé, no lo hice con ánimo de retenerme. Le alargué la mano y ella la cogió; apreté un poco, por el gusto de sentirla cerca. Encontraba una especie de apoyo en el tímido sobresalto de su sorpresa.

—Usted viene a buscarme para ir a la iglesia, claro, pero no puedo ir.

—¿Ha ocurrido algo?

—Sí. Ahora debe saberlo. ¿Tengo un aspecto muy raro?

—¿Vista por la ventana? ¡Terrorífico!

—Pues bien —dije—, me he asustado. —Los ojos de la señora Grose indicaron claramente que ella no deseaba entrometerse y, al mismo tiempo, que sabía muy bien que su sitio no estaba en compartir conmigo las grandes dificultades. ¡Pero yo tenía completamente decidido que debía compartirlas!—. El resultado ha sido lo que usted acaba de ver desde el comedor hace un minuto. Lo que yo vi, un momento antes, fue mucho peor.

Su mano me apretó.

—¿Qué vio?

—Un hombre fuera de lo normal, mirando adentro.

—¿Qué hombre fuera de lo normal?

—No tengo la menor idea.

La señora Grose escrutó en vano a todo nuestro alrededor.

—¿Dónde se ha metido?

—Aún lo sé menos.

—¿Le había visto antes?

—Sí, una vez. En la torre vieja.

No pudo por menos que mirarme con mayor insistencia.

—¿Quiere decir que es extraño?

–¡Oh, sí, muy extraño!

–Sin embargo, no me lo contó.

–No. Por varias razones. Pero ahora que usted lo ha adivinado...

Los ojos redondos de la señora Grose rechazaban la acusación.

–¡Yo no he adivinado nada! –dijo con la mayor simplicidad–. ¿Cómo podría adivinarlo si usted no le conoce?

–Ni lo más mínimo.

–¿Sólo le ha visto en la torre?

–Y donde estamos ahora mismo.

La señora Grose miró de nuevo a todo su alrededor.

–¿Qué hacía en la torre?

–Estaba allí de pie, sencillamente, y me miraba a mí aquí abajo.

Pensó un minuto.

–¿Era un caballero?

No creí necesario pensarlo.

–No. –Ella escrutó con creciente preocupación–. No.

–¿Y no era nadie de por aquí? ¿Nadie del pueblo?

–Nadie, nadie... No se lo dije, pero me aseguré.

Suspiró vagamente aliviada: curiosamente, parecía preferible que fuese así. En realidad fue un breve instante.

–Pero, si no es un caballero...

–¿Qué es? ¡Un horror!

–¿Un horror?

Una vez más, la señora Grose miró a todo alrededor, detuvo los ojos en la oscurecida lejanía y, luego, recuperando la postura, se dirigió a mí con abrupta incoherencia:

–Es hora de que vayamos a la iglesia.

–¡No estoy como para ir a la iglesia!

–¿No le sentaría bien?

–¡No quiero que les haga nada!

Con un cabezazo, señalé hacia la casa.

–¿A los niños?

–No puedo abandonarlos en este momento.

–¿Tiene miedo de que...?

Hablé con vehemencia:

–Tengo miedo de él.

La gran cara de la señora Grose me dejó entrever, por vez primera, el leve y lejano brillo de una conciencia más aguda: como fuera, percibí la primera luz de una idea que yo no le había inculcado y que, de momento, me era totalmente impenetrable. Ahora me viene a las mientes que de inmediato se me ocurrió que podría sonsacárselo; y tuve la sensación de que guardaba relación con su deseo, que en seguida manifestó, de querer saber más cosas.

–¿Cuándo fue... lo de la torre?

–A mediados de mes. A esta misma hora.

–Casi de noche –dijo la señora Grose.

–No, no tanto. Lo vi como la veo a usted.

–Entonces, ¿cómo entró?

–¿Y cómo salió? –Me reí–. No he tenido ocasión de preguntárselo! Ya ve –proseguí–, esta tarde no ha podido entrar.

–¿Sólo mira?

–¡Espero que se limite a eso!

La señora Grose me había soltado la mano y se giró un poco. Esperé un instante; luego le solté:

–Vaya a la iglesia. Adiós. Yo tengo que vigilar.

Despacio, volvió a mirarme.

–¿Teme por ellos?

Nos encontramos en otra nueva mutua y larga mirada.

–¿Usted no? –En lugar de responder, se acercó a la ventana y estuvo cierto tiempo con la cara junto al cristal–. Ya ve lo que pudo ver –proseguí entre tanto.

Ella no se movió.

–¿Cuánto rato estuvo aquí?

–Hasta que salí. Salí a su encuentro.

Al fin terminó la señora Grose de darse la vuelta y su cara aún contenía más cosas.

–Yo no habría podido salir.

–¡Ni yo podría! –volví a reír–. Pero sí que salí. Era mi deber.

–También el mío –replicó; para añadir–: ¿Cómo era?

–Me estaba muriendo de ganas de decírselo. Pero no se parece a nadie.

–¿A nadie? –repitió.

–No lleva sombrero. –Luego, viendo en su cara que, con hondo espanto, encontraba en lo dicho un rasgo gráfico, agregué rápidamente, trazo a trazo–: Era pelirrojo, muy pelirrojo, con el pelo muy rizado, y el rostro pálido, alargado, correcto de rasgos, con unas patillas pequeñas, un poco raras, tan pelirrojas como el pelo. Las cejas, sin embargo, resultaban más oscuras; eran especialmente arqueadas, como si tuvieran bastante movilidad. Tenía los ojos penetrantes y extraños... terribles. Pero lo único que sé seguro es que eran pequeños y miraban fijamente. La boca era ancha y los labios delgados y, exceptuando las cortas patillas, iba bastante bien afeitado. Me dio un poco la sensación de tener aspecto de actor.

–¡De actor!

Era imposible que nadie pareciera menos actor que la señora Grose, al menos en aquel momento.

–Nunca he conocido ningún actor, pero me los imagino. Es alto, activo, erguido –continué–, pero no, ¡eso de ninguna manera!, un caballero.

La cara de mi compañera había palidecido conforme yo hablaba; sus ojos redondos estaban espantados y tenía la boca entreabierta.

–¿Un caballero? –tartamudeó confundida, estupefacta–. ¿Ese, un caballero?

–¿Lo conoce, pues?

Visiblemente trataba de contenerse.

–¿Y es guapo?

Vi la forma de ayudarla.

–Llamativamente guapo.

–¿Y vestía...?

–Las ropas de otro. Elegantes, pero no suyas.

Estalló en un entrecortado gruñido aseverativo.

–¡Son las del amo!

Me di por enterada.

–¿Le conoce?

Titubeó un segundo.

–¡Quint! –gritó.

–¿Quint?

–¡Peter Quint, el criado del señor, su ayuda de cámara cuando el señor estaba aquí!

–¿Cuando estaba el amo?

Todavía con la boca abierta, pero descubriéndoseme, reunió las piezas.

–Nunca llevaba sombrero, pero llevaba... Bueno, ¡se perdieron los chalecos! Estaban aquí el año pasado, los dos. Luego el amo se fue y Quint se quedó solo.

Iba siguiéndola, pero la detuve:

–¿Solo?

–Solo, con nosotros. –Luego, como si hablara desde más hondo, agregó–: De encargado.

–¿Y qué fue de él?

Se retuvo tanto tiempo que aumentó mi confusión.

–También se fue –soltó al cabo.

–¿Adónde se fue?

Entonces su expresión se tornó muy rara.

–¡Dios sabe adónde! Murió.

–¿Murió? –casi chillé.

Ella parecía cuadrarse, plantarse en el suelo con mayor firmeza, para pronunciar lo más asombroso de todo.

–Sí, el señor Quint ha muerto.

6

Desde luego, necesitamos más ocasiones que este concreto episodio para situarnos conjuntamente en presencia de aquello con que ahora tendríamos que convivir como pudiéramos: mi terrible debilidad a las impresiones del tipo que tan vivamente se habían ejemplificado y el hecho de que, a partir de este momento, mi compañera estaba enterada, con consternación y compasión, de semejante debilidad. Aquella tarde, después de la revelación que tan postrada me dejó durante una hora, ninguna de nosotras había asistido a ningún servicio religioso, sino al servicio de lágrimas y juramentos, de rogativas y promesas, un clímax de mutuos ruegos y desafíos que ocurrió inmediatamente a continuación de retirarnos al cuarto donde daba las clases y encerrarnos a levantar todas las cartas. El resultado de levantar todas nuestras cartas consistió, sencillamente, en reducir nuestra situación al rigor último de sus elementos. Ella no había visto nada, ni siquiera la sombra de una sombra, y nadie en la casa excepto la institutriz estaba implicado en el asunto; no obstante, sin cuestionar directamente mi salud mental, aceptaba como cierto lo que yo le había presentado y, en este sentido, acabó demostrándome una conmovedora ternura, expresión de su reconocimiento de mi más que discutible privilegio, cuya misma existencia ha permanecido conmigo como ejemplo de uno de los más dulces sentimientos humanos.

En consecuencia, lo que quedó establecido aquella noche entre nosotras fue que nos creíamos capaces de afrontar las cosas juntas, y yo ni siquiera estuve segura de que, pese a su inmunidad, no fuera a ser ella quien soportara lo peor de la carga. En aquellos momentos sabía, creo, como lo supe más tarde, que era capaz de servir de protección a mis alumnos; pero me llevó algún tiempo convencerme completamente de hasta qué punto estaba preparada mi honrada compañera para mantener las cláusulas de tan comprometido trato. Yo era una compañía rara, casi tan rara como la compañía con que contaba; pero, al repasar lo que pasamos juntas, comprendo cuánto debimos encontrar en común en la única idea que, por suerte, pudo afirmarnos. Fue aquella idea, aquel segundo impulso, lo que me hizo salir de mi cámara de terror interior, como podría denominarse. Al menos podía tomar el aire en el patio y allí me era posible estar con la señora Grose. Recuerdo ahora perfectamente cómo recobré las fuerzas aquella noche antes de despedirnos. Habíamos repasado una y otra vez todos los detalles de lo que yo había visto.

—¿Buscaba a otra persona, dice usted, a alguien que no era usted?

—Buscaba al pequeño Miles. —Ahora me poseía una prodigiosa clarividencia–. *Eso* era lo que buscaba.

—Pero ¿cómo lo sabe?

—¡Lo sé, lo sé! ¡Lo sé! —Mi exaltación crecía–. ¡Y *usted* también lo sabe, querida!

Ella no lo negó, pero tuve la sensación de que ni siquiera era necesario decirlo. De todos modos, ella prosiguió en seguida:

—¿Qué habría pasado de verlo?

—¿Al pequeño Miles? ¡Eso es lo que quiere! Volvió a parecer enormemente amedrentada.

—¿El niño?

—¡Dios nos libre! ¡El hombre! Quiere aparecerse a los niños.

Que pudiera hacerlo era una idea terrorífica, pero, sin embargo, yo podría mantener las distancias; sobre todo, eso fue prácticamente lo que conseguí demostrar en el tiempo que pasamos hablando. Tenía la absoluta certeza de que volvería a ver lo que había visto, pero algo en mi interior me decía que ofreciéndome valientemente como protagonista único de la experiencia, aceptándola, incitándola y superándola, serviría de víctima expiatoria y protegería la tranquilidad de mis compañeros. Sobre todo, lo evitaría a los niños y los mantendría absolutamente a salvo. Recuerdo una de las últimas cosas que dije a la señora Grose:

—Me llama la atención que mis alumnos nunca hayan mencionado a...

Me miró inquieta mientras agregaba pensativa:

—¿Su estancia aquí y el tiempo que estuvieron con él?

—El tiempo que estuvieron con él y su nombre, su aspecto, su historia, cualquier cosa.

—La señorita no puede acordarse. Nunca oyó ni supo nada.

—¿De las circunstancias de su muerte? —Meditaba reconcentradamente—. Quizás no. Pero Miles sí debe acordarse... Miles debe saberlo.

—¡No lo ponga a prueba! —exclamó la señora Grose.

Le devolví su mirada.

—No se asuste. —Seguí reflexionando—. Es bastante raro.

—¿Que el niño no hable de él?

—Ni la menor alusión, nunca. Y usted me ha dicho que eran grandes amigos...

—¡Ay, entonces no era *él*! —subrayó la señora Grose—. Eran fantasías de Quint. Jugaba con él... lo malcriaba, quiero decir. —Hizo una pausa momentánea; luego añadió–: Quint era demasiado atrevido.

Junto con la visión de la cara de Quint –¡qué cara!–, esto me produjo un súbito malestar y disgusto.

–¿Era demasiado atrevido con *mi* muchacho?

–¡Era demasiado atrevido con todo el mundo! De momento, me abstuve de analizar esta descripción, si bien reflexioné que, en parte, era aplicable a varios miembros de la casa, a la media docena de criados y criadas que componían nuestra pequeña colonia. Pero todo estaba contra nuestras aprensiones, pues afortunadamente la antigua y agradable posesión no contaba con ninguna leyenda desagradable ni nadie recordaba que hubiese habido nunca complicaciones con el servicio. Nunca había tenido mala fama y, a todas luces, la señora Grose sólo pretendía aferrarse a mí y temblar en silencio. Aún le formulé la ultimísima pregunta del interrogatorio. Fue a la medianoche, cuando estaba en la puerta de la sala de estudio, dispuesta a salir.

–¿Debe entender por lo que ha dicho, y esto es muy importante, que era clara y deliberadamente malo?

–¡Deliberadamente! *Yo* lo sabía, pero el amo no.

–¿Y usted no se lo dijo nunca?

–Bueno, a él no le gustaba que le fueran con chismes. Era muy cortante para esta clase de cosas, y si *a él* le caía bien una persona...

–¿... No se preocupaba de más? –Esto cuadraba bastante bien con la impresión que me había causado: no era un caballero que gustase de complicaciones ni quizás tampoco muy mirado respecto a sus servidores. Aun así, recalqué a mi interlocutora–: ¡Le juro que *yo* se lo hubiera dicho!

Ella encajó mi reproche.

–Me atrevo a decir que me equivoqué. Pero en realidad estaba asustada.

–¿De qué estaba asustada?

–De lo que pudiese hacer aquel hombre. Quint era muy inteligente, muy perspicaz.

Probablemente entendí lo dicho más de lo que quise reconocerle.

–¿No tenía miedo de otra cosa? ¿No tenía miedo de sus efectos sobre...?

–¿Sus efectos? –repitió con cara de angustia, esperando mientras yo balbuceaba.

–Sus efectos sobre las preciosas vidas de los inocentes que usted tenía a su cargo.

–¡No, no estaban a mi cargo! –respondió rotunda y acongojadamente–. El amo tenía confianza en él y lo puso aquí porque no se encontraba bien, al parecer, y le convenía el aire del campo. Así que él tenía la última palabra. Sí –especificó–, incluso sobre los niños.

–¿Sobre los niños, esa criatura? –Tuve que ahogar una especie de aullido–. ¿Y podía soportarlo?

–No, no podía. ¡Ni puedo ahora! –Y la pobre mujer rompió a llorar.

Como he dicho, desde el día siguiente fueron rígidamente vigilados; sin embargo, a lo largo de la semana, ¡cuántas veces y con cuánta vehemencia volvimos sobre la cuestión! Pese a todo lo que habíamos hablado la noche del domingo, seguí obsesionada por la sombra de algo que la señora Grose no me había dicho, sobre todo en las horas siguientes, de modo que es fácil imaginarse cómo dormí. Yo no me había guardado nada, pero la señora Grose se había guardado una palabra. Además, por la mañana estaba segura de que no había sido por falta de franqueza, sino porque el miedo se colaba por todas partes. De hecho, restrospectivamente, me parece que para cuando el sol matinal llegó a estar alto había desentrañado todos los sentidos que los hechos que teníamos ante nosotros adquirirían a resultas de los posteriores y más crueles acontecimientos. Lo que me proporcionaron, antes que nada, era la siniestra figura del hombre vivo –¡el muerto bien podía esperar un rato!– y de los meses que había pasado en Bly, en conjunto, una larga temporada. El final de aquella diabólica época no llegó hasta que, un amanecer invernal, un jornalero que iba a su temprana faena lo encontró muerto como una piedra en el camino de la aldea: una catástrofe que explicaba, al menos aparentemente, una visible herida en la cabeza; tal herida podía haber sido causada –y fue causada, según la conclusión final de la investigación– por un fatal resbalón en la oscuridad, después de haber salido de la taberna, en una pendiente pronunciada y helada, adonde fue al equivocar el camino y en cuyo fondo yacía. La pendiente helada, el paso en falso en medio de la noche y el alcohol, lo explicaban en buena medida y prácticamente todo una vez terminada la investigación y acabados los innumerables chismorreos; pero había cosas en la vida de Quint –extraños pasajes y trances, desórdenes secretos, vicios más que sospechosos– que hubieran podido explicar bastante más.

No sé muy bien cómo referir mi historia con palabras que configuren un cuadro verosímil de mi estado de ánimo; pero en aquellos días era capaz de sentir regocijo en el extraordinario heroísmo que me exigían las circunstancias. Entonces comprendí que había sido llamada a realizar una tarea admirable y difícil, y que tendría su grandeza demostrar –¡ay, sí, en el lugar adecuado!– que podía tener éxito donde otras muchas jóvenes habían fracasado. Concebir mi función de un modo tan grandioso y tan simple supuso una inmensa ayuda, ¡y confieso que casi me aplaudo cuando vuelvo la vista atrás! Estaba allí para proteger y defender a las criaturitas más adorables y abandonadas del mundo, el atractivo de cuya indefensión se había vuelto de pronto demasiado manifiesto, produciéndome un dolor profundo y constante en mi entregado corazón. Estábamos verdaderamente aislados y juntos; estábamos unidos ante el peligro. Ellos sólo me tenían a mí y yo..., bueno, yo los tenía a *ellos*. En resumen, era una magnífica oportunidad. Esta oportunidad se me presentaba en forma de una clara imagen material. Yo era la pantalla, yo debía situarme delante de ellos. Cuanto más viera yo, menos verían ellos. Comencé a observarlos con sofocada tensión, con un nerviosismo disimulado que, de prolongarse demasiado tiempo, bien podría convertirse en algo similar a la locura. Lo que me salvó, según comprendo ahora, fue que se transformara en algo completamente distinto. No duró como tensión, sino que fue sustituido por horribles pruebas. Sí, digo pruebas porque realmente tuve que superarlas.

Este hecho data de una tarde en que paseaba por el parque con la menor de mis alumnos. Habíamos dejado a Miles en casa, encima del cojín rojo de un profundo asiento adosado a la ventana; él quería acabar un libro y me había complacido fomentar un propósito tan laudable para un joven cuyo único defecto eran los ocasionales excesos de impaciencia. Por el contrario, la hermana había estado pendiente de salir, y estuve paseando con ella media hora, buscando la sombra, pues el sol aun estaba alto y el día era excepcionalmente caluroso. De nuevo pude percibir, mientras iba con ella, cómo se las arreglaba, al igual que su hermano –lo que era encantador en ambos niños–, para dejarme sola sin dar la sensación de abandonarme y para acompañarme sin dar la sensación de asediarme. Nunca eran insistentes y, sin embargo, tampoco resultaban nunca desatentos. En realidad, mi actitud hacia ellos tendía a ser la de verlos divertirse a lo grande sin contar conmigo: tal espectáculo parecía conscientemente preparado y me hacía participar como admiradora activa. Yo me movía por un mundo de su invención y ellos no tuvieron oportunidad de entrar en el mío. De tal forma que gastaba mi tiempo en ser para ellos un personaje u objeto de relieve necesario para el juego de cada momento, lo cual, gracias a mi superioridad y entusiasmo, se convertía en una sinecura feliz y distinguida. No recuerdo de qué hacía en la presente ocasión; sólo recuerdo que era algo muy importante y muy quieto y que Flora estaba muy concentrada en el juego. Estábamos al borde del lago y, como hacía poco que habíamos iniciado la geografía, el lago era el mar de Azov.

En estas circunstancias, de repente me di cuenta de que, al otro lado del mar de Azov, teníamos un atento espectador. La manera en que se me hizo presente este conocimiento fue de lo más extraña; es decir, la más extraña del mundo, de no ser aún más extraña la manera en que de pronto se corporizó. Me había sentado con la costura –pues en el juego hacía de algo o de alguien que podía sentarse– en el viejo banco de piedra que dominaba el estanque; y en esta posición comencé a tener la certeza, aunque sin verla directamente, de la lejana presencia de una tercera persona. Los viejos árboles y el espeso matorral daban una sombra amplia y agradable, pero todo estaba inmerso en el resplandor de la hora apacible y calurosa. Pero no había posibilidad de error; no la había, por lo menos, en la certeza que tuve de repente sobre lo que vería enfrente de mí y al otro lado del lago en cuanto levantara los ojos. Tenía la vista puesta en el pespunte de que me ocupaba y, una vez más, sentí el espasmo fruto del esfuerzo por no apartarla hasta estar calmada y haber decidido qué iba a hacer. Había a la vista un objeto extraño, una figura cuyo derecho a estar presente puse inmediata y apasionadamente en cuestión. Recuerdo que pasé lista a las distintas posibilidades, acordándome de que nada era tan natural como, por ejemplo, la aparición de una persona en el lugar, del cartero o del chico de la tienda de la aldea. El mismo escaso efecto tuvieron las demás posibilidades sobre mi consciente certeza, sin aún haber mirado, de cuáles eran la actitud y la personalidad del visitante. Nada más natural que el hecho de que estas cosas fueran completamente distintas de lo que parecían ser.

De la verdadera identidad de la aparición me aseguraría en cuanto el relojito de mi valor marcara el segundo adecuado; mientras tanto, haciendo un esfuerzo que se iba haciendo bastante intenso, trasladé la mirada a la pequeña Flora, en aquellos momentos a unas diez yardas de mí. Mi corazón se había detenido un instante ante el asombro y el terror de preguntarme si ella también lo veía; contuve la respiración mientras aguardaba a que me lo dijera con un grito o con cualquier otra repentina señal inocente de interés o de alarma. Esperé, pero no ocurrió nada; entonces, en un primer momento –y tengo la sensación de que esto es más espantoso que cuanto he relatado– llegué al convencimiento de que, en los últimos instantes, habían cesado todos sus anteriores ruidos; y en segundo lugar me pareció que, también desde unos instantes antes, se había vuelto hacia el agua sin interrumpir el juego. Tal era su actitud cuando finalmente la miré, con la firme convicción de que ambas seguíamos estando sometidas a la observación directa de una tercera persona. Ella había cogido un trocito plano de madera que parecía tener un agujero, lo cual sin duda le había sugerido la idea de clavarle otro trozo que hiciera de mástil y convertir el conjunto en un barquito. Mientras yo la observaba, estaba muy atenta y aparentemente concentrada en sujetar en su sitio la segunda pieza. Me retuvo mi atención por lo que hacía, de modo que hasta unos segundos después, no me atreví a mirar otra cosa. Entonces moví de nuevo los ojos: encaré lo que debía encarar.

7

Después de esto, cogí a la señora Grose en cuanto pude. Me es imposible hacer una descripción inteligible de cómo soporté el intermedio. Sin embargo, todavía me oigo gritar mientras me lanzaba de buenas a primeras a sus brazos:

—¡Lo saben! ¡Es demasiado monstruoso, pero lo saben, lo saben!

—¿Qué es lo que saben? —Percibí su incredulidad en cuanto me tocó.

—¡Pues todo lo que sabemos nosotras y Dios sabrá qué más! —Luego, cuando me soltó, se lo expliqué, alcanzando quizá a explicármelo por fin a mí misma con absoluta coherencia—. Hace dos horas, en el jardín... —Escasamente podía hablar—. Flora lo vio.

La señora Grose lo encajó como hubiera encajado un golpe en el estómago.

–¿Se lo ha dicho ella? –murmuró.

–Ni una palabra, eso es lo horroroso. ¡Se lo ha guardado! ¡Una niña de ocho años, *esa* niña! –El pasmo seguía dejándome sin palabras.

Desde luego, la señora Grose abrió aún más la boca.

–Entonces, ¿cómo lo sabe?

–Yo estaba allí, lo vi con mis ojos: vi que ella se daba perfectamente cuenta.

–¿Quiere decir que se daba cuenta de la presencia de *él*?

–No, de *ella*. –Mientras hablaba era consciente de que afrontaba cosas prodigiosas, pues percibí un leve reflejo de ellas en el rostro de mi compañera–. Era otra persona esta vez; una figura de inconfundible maldad y terror, una mujer vestida de negro, pálida y terrorífica, ¡con un aspecto y una cara!, que estaba al otro lado del lago. Yo estaba allí con la niña, tranquilamente, y de pronto surgió.

–¿Cómo surgió, de dónde surgió?

–¡De dónde surgen! Sencillamente, apareció y se estuvo allí, pero no muy cerca.

–¿Y sin acercarse?

–Daba la sensación de que estuviese tan cerca como está usted.

Con un curioso impulso, mi amiga dio un paso atrás.

–¿Era una persona que usted no había visto nunca?

–Sí. Pero la niña sí la conocía. Era alguien que

usted sí ha conocido. –Luego, para demostrar que lo tenía bien pensado, dije–: Mi predecesora, la que murió.

–¿La señorita Jessel?

–La señorita Jessel. ¿No me cree? –presioné. Angustiada, se volvió a izquierda y derecha.

–¿Cómo está tan segura?

En mi estado de nervios, aquello me produjo un estallido de impaciencia.

–Entonces, pregunte a Flora... ¡*Ella* sí está segura! –Pero no había terminado de hablar cuando me recuperé–. ¡No, por Dios, no! ¡Dirá que no, mentirá!

La señora Grose no estaba tan descompuesta como para no protestar instintivamente.

–¿Cómo se *atreve* a...?

–Porque lo veo claro. Flora no quiere que yo lo sepa.

–Para ahorrárselo, pues, a usted.

–No, no... ¡Hay que ahondar más! Cuantas más vueltas le doy más cosas comprendo, y cuanto más cosas comprendo más miedo me da. ¡No sé qué es lo que *no* veo, qué es lo que *no* temo!

La señora Grose trataba de seguirme.

–¿Quiere usted decir que tiene miedo de volver a verla?

–¡Oh, no! Ahora eso no es nada. –Luego me expliqué–: El problema sería *no* verla.

Pero mi compañera sólo parecía palidecer.

–No la comprendo.

–Pues que la niña podría seguir viéndola, y es seguro que la niña la verá, sin que yo lo sepa.

Al pensar en esta posibilidad, la señora Grose desfalleció momentáneamente, pero en seguida se repuso, como si sacara fuerzas de saber hasta dónde tendríamos que ceder caso de retroceder una pulgada.

–Querida, querida, no debemos perder la cabeza. Después de todo, si a ella no le importa... –Incluso esbozó una fea sonrisa–. Tal vez le guste.

–¡Gustar *semejantes* cosas, a una niña tan pequeña!

–¿No sería una especie de demostración de su bendita inocencia? –preguntó valientemente mi amiga.

Por un instante casi me convenció.

–¡Ay, debemos agarrarnos a *eso*, debemos aferrarnos a *eso*! Si no es una prueba de lo que usted dice, es una prueba de que... ¡Dios sabe de qué! Porque esa mujer es el horror de los horrores.

Ante esto, la señora Grose estuvo mirando al suelo durante unos instantes; luego levantó la mirada.

–Dígame cómo lo sabe usted –dijo.

–Entonces, ¿admite que era eso? –grité.

–Dígame cómo lo sabe –se limitó a repetir mi amiga.

–¿Cómo? ¡Viéndola! Por su forma de mirar.

–¿Por la manera perversa de mirarla a usted?

–No, querida mía, eso lo hubiera soportado.

En ningún momento me puso la vista encima. Sólo se fijaba en la niña.

La señora Grose trató de entenderlo.

–¿Se fijaba en la niña?

–¡Con unos ojos espantosos!

Me miró fijamente a los míos como si realmente pudieran parecerse a aquellos otros.

–¿Quiere decir de contrariedad?

–No, Dios nos salve. De algo mucho peor.

–¿Peor que la contrariedad?

Este hecho la dejaba verdaderamente perpleja.

–Con una decisión indescriptible. Con una especie de furia intencionada.

La hice empalidecer.

–¿Intencionada?

–De apoderarse de ella.

La señora Grose –con sus ojos en los míos– tuvo un estremecimiento y anduvo hacia la ventana; y mientras estaba mirando el exterior, concluí mi exposición:

–*Eso* es lo que sabe Flora.

Al poco se dio la vuelta.

–Esa persona iba de negro, dice usted.

–De luto... y bastante pobremente vestida, casi andrajosa. Pero, eso sí, era de una extraordinaria belleza. –Ahora reconozco hasta dónde había llevado, golpe a golpe, a la víctima de mis confidencias, pues casi era visible cómo sopesaba mis palabras–. Guapa..., muy, muy guapa –insistí–, maravillosamente guapa. Pero infame.

Se me acercó despacio.

—La señorita Jessel era infame. —Una vez más, me cogió la mano con las dos suyas, apretándola con fuerza, como fortaleciéndome contra el creciente peligro que pudiera deducir de este descubrimiento—. Los dos eran infames —dijo por último.

Así que, durante un rato, volvimos a examinar el problema juntas; y desde luego encontré una cierta ayuda en poder verlo con tanta claridad.

—Aprecio —dije— su gran honradez de no haber hablado hasta ahora; pero es evidente que ha llegado el momento de contármelo todo. —Parecía asentir, pero sólo en silencio; viendo lo cual, agregué—: Debo saberlo ahora. ¿De qué murió? Vamos, entre ellos había algo.

—Lo había todo.

—¿A pesar de la diferencia de...?

—Ah, de rango, de condición... —dejó escapar lastimeramente—. Ella era una dama.

Dándole vueltas al asunto volví a comprender.

—Sí..., era una dama.

—Y él absolutamente plebeyo —dijo la señora Grose.

Comprendí que, en semejante compañía, no era necesario incidir demasiado sobre el lugar que los criados ocupan en la escala social; pero nada se oponía a aceptar la valoración hecha por mi compañera del envilecimiento de mi predecesora. Había una forma de abordar el asunto, y lo abordé; la forma más fácil de hacerse una idea global, con datos, de la personalidad del difunto, inteligente y bien parecido hombre de confianza de nuestro patrón: impúdico, seguro de sí mismo, vicioso y depravado.

—Aquel tipo era un villano.

La señora Grose reflexionó sobre lo dicho por si quizá quedase una sombra de duda.

—Nunca he visto a nadie como él. Hacía lo que quería.

—¿Con *ella*?

—Con todos ellos.

Era como si la señorita Jessel hubiese vuelto a presentarse ante los ojos de mi amiga. En cualquier caso, hubo un instante en que me pareció ver la evocación de ella con tanta claridad como la había visto junto al estanque; y afirmé con decisión:

—¡Ella también debía querer!

El rostro de la señora Grose manifestó que así había sido, pero al mismo tiempo dijo:

—Pobre mujer... ¡Lo pagó!

—¿Luego sabe usted de qué murió? —pregunté.

—No, no sé nada. No quise saber; me alegré mucho de no saberlo. ¡Y di gracias al cielo de que fuera bien lejos de aquí!

—Pero usted tiene, pues, su propia idea de...

—¿De la verdadera razón por la que se fue? Ay, sí, eso sí. No podía quedarse. ¡Imagínesela aquí, siendo la institutriz! Y después yo me imaginaba cosas, y sigo imaginándomelas. Y lo que me imagino es horroroso.

—No tan horroroso como lo que me imagino

yo –repliqué; con lo cual debí mostrarle, de lo que era en realidad muy consciente, una faz de verdadera derrota. Y eso hizo brotar de nuevo toda su compasión por mí y, ante el renovado toque de amabilidad, se derrumbó mi resistencia. Como otra vez había provocado en ella, ahora fui yo quien rompió a llorar; me acogió en su pecho maternal y mis lamentaciones se desbordaron–. ¡No quiero hacerlo! –sollocé desesperada–. No quiero salvarlos ni protegerlos. Es mucho peor de lo que me imaginaba... ¡Están perdidos!

8

Lo que había dicho a la señora Grose era bien cierto: en la situación que le había planteado existían posibilidades y profundidades que yo no tenía fuerzas para analizar; de modo que, de nuevo ante la duda, estuvimos de acuerdo en que nuestra obligación consistía en resistir a las fantasías extravagantes. Debíamos no perder la cabeza, aunque fuese lo único que mantuviéramos firme, por difícil que eso pudiera resultar al hacer frente a lo menos discutible de nuestras prodigiosas experiencias. Más tarde, aquella noche, mientras la casa dormía, tuvimos otra conversación en mi cuarto; entonces me acompañó por todo mi periplo hasta quedar fuera de dudas que yo había visto lo que había visto. Para tenerla bien cogida, se me ocurrió que bastaba preguntarle cómo, de haberme inventado las apariciones, hubiese podido hacer un retrato detallado y con todos los rasgos definitorios de cada una de las personas que se me habían aparecido, un retrato ante el cual ella los había reconocido y nombrado inmediatamente. Desde luego, ella deseaba —¡poco se la puede culpar!— enterrar todo el asunto y yo me apresuré a asegurarle que mi personal interés se había decantado repentinamente por buscar el procedimiento de eludirlo. Le opuse el argumento de que ante la repetición —pues dábamos por segura la repetición—, me acostumbraría al peligro, afirmando con claridad que de pronto mi riesgo personal se había convertido en la menor de mis preocupaciones. Lo insufrible era mi nueva sospecha y, sin embargo, esta complicación se había ido aliviando en las últimas horas del día.

Al marcharse ella, luego de un primer desmoronamiento, me volqué de nuevo sobre mis alumnos, confundiendo el adecuado remedio a mi desmayo con la percepción de su encanto, que ya había yo descubierto como algo que estaba en mis manos cultivar y que aún no me había fallado nunca. En otras palabras, sencillamente me lancé de nuevo al especial mundo de Flora y entonces me di cuenta —¡era casi un lujo!— de que ella era capaz de poner conscientemente su manita en el preciso punto dolorido. Me había estado mirando, meditativa y dulce, y luego me había acusado a la cara de haber llorado. Yo creía que había logrado borrar las feas huellas, pero en aquellos momentos pude, de todos modos, regocijarme literalmente, sometida a su inescrutable piedad, de que no hubieran desaparecido del todo. Observar la profundidad de los ojos azules de la niña y sentenciar su amabilidad como una trampa de precoz malicia era pecar de cinismo; y antes que eso prefería abjurar de mi juicio y, dentro de lo posible, de mi agitación. No podía abjurar con simplemente desearlo, pero sí pude repetir a la señora Grose —como hice una y otra vez a altas horas de la madrugada— que, con sus voces en el aire, su presencia en el corazón y sus fragantes rostros contra la mejilla de una, todo se hacía trizas excepto su debilidad y belleza. Fue lamentable que, para dejar esto sentado de una vez por todas, tuviese igualmente que volver a enumerar los sutiles síntomas que, aquella tarde junto al lago, habían realizado el milagro de demostrar mi autodominio. Era lamentable estar obligada a volver a investigar la certeza de aquel momento y a repetir cómo había llegado, en forma de revelación, a comprender que la inconcebible comunión que entonces sorprendí era algo habitual entre ambas partes. Era lamentable tener que volver a balbucir las razones por las que, en mi desilusión, había llegado a no dudar de que la pequeña vio a nuestra visitante tal como realmente yo veía a la propia señora Grose, y que la niña, con todo lo que ella había visto, pretendía hacerme creer lo contrario y, al mismo tiempo, sin ella descubrirme nada, llegar a vislumbrar si yo lo sabía. Era lamentable que fuese necesario describir una vez más las portentosas menudencias con que trataba de distraer mi atención, el perceptible aumento del movimiento, la mayor intensidad del juego, las canciones, el parloteo sin sentido y la invitación a retozar.

Sin embargo, si no me hubiera recreado en esta revisión, que no suponía demostración de ninguna clase, hubiera perdido los dos o tres vagos consuelos que me quedaban. Por ejemplo, no hubiese podido aseverar a mi amiga que estaba segura —lo cual era una gran suerte— de por lo menos no estar engañándome. No me hubiera visto impulsada por la fuerza de la necesidad, por la desesperación mental —no sé muy bien cómo decirlo—, a invocar la mayor ayuda de mi inteligencia que podía brotar de poner a mi colega entre la espada y la pared. Presionada, poco a poco me contó muchas cosas; pero seguía habiendo un punto desencajado que a veces me rozaba la frente como el ala de un murciélago; y recuerdo cómo en esta ocasión —pues tanto la casa dormida como nuestra concentración en el peligro y en nuestra observación parecían ayudarnos— percibí la importancia de dar el último tirón a la cortina.

—No creo en nada tan horrible —recuerdo que dije—; no, digámoslo de una vez, querida, no lo creo. Pero si lo creyera, ahora le exigiría a usted una cosa, sin ahorrarle ninguna dificultad, ¡ni la más mínima migaja, vamos! ¿En qué estaba usted pensando cuando, en nuestra aflicción, antes del regreso de Miles, hablando de la carta recibida del colegio, ante mi insistencia dijo usted que no pretendía afirmar literalmente que *nunca* hubiera sido «malo»? Literalmente no ha sido malo «nunca» en las semanas que llevo con él, durante las que lo he observado con gran atención; ha sido un pequeño prodigio imperturbable de exquisita y adorable bondad. Por lo tanto, usted hubiera podido afirmarlo así de no tener en cuenta, como tuvo, alguna excepción. ¿Cuál fue la excepción y a qué episodio personalmente presenciado se remitía?

Era una pregunta terriblemente grave, pero nuestro tono no era de ligereza; en cualquier caso, antes de que el gris amanecer nos obligara a separarnos, obtuve mi respuesta. Lo que había tenido presente mi amiga resultó ser enormemente pertinente. No era ni más ni menos que la circunstancia de que, durante un período de varios meses, Quint y el muchacho habían estado constantemente juntos. De hecho, la estricta verdad era que ella se había atrevido a criticar, a insinuar ante el amo, la incongruencia de tal intimidad e incluso llegó tan lejos sobre este particular como a franquearse con la señorita Jessel. Del modo más extraño, la señorita Jessel le rogó que se ocupara de sus asuntos y, ante esto, la buena mujer se dirigió directamente al pequeño Miles. Lo que le dijo, le sonsaqué insistiéndole, fue que a ella le gustaba ver que los caballeritos no se olvidaban de su posición. Ante esto, volví a insistir:

–¿Le recordó usted que Quint no era más que un vulgar criado?

–¡Bien puede usted decirlo! Y fue su respuesta, por una parte, lo que estuvo mal.

–¿Y por otra parte? –Esperé–. ¿Repitió él sus palabras delante de Quint?

–No, eso no. ¡Eso es precisamente lo que él *no haría*! –Aún me causaron impresión sus palabras–. De todas formas –añadió–, estaba segura de que eso no lo haría. Pero negaba ciertas cosas.

–¿Qué cosas?

–Que salían juntos, como si Quint fuera su tutor, un tutor muy ilustre, y que la señorita Jessel sólo estuviera para la damita. Que salía con ese individuo, quiero decir, y que pasaban horas juntos.

–¿Tergiversaba entonces los hechos, negaba haber estado? –Su asentimiento fue lo bastante claro como para hacerme agregar en seguida–: Comprendo. Mentía.

–¡Oh! –refunfuñó la señora Grose. Lo cual daba a entender que eso no tenía importancia, y lo reafirmó con una posterior observación–. Mire, después de todo, a la señorita Jessel no le importaba. Ella no se lo prohibió.

Reflexioné.

–¿Le dijo eso usted para justificarse?

Ante esto volvió a vacilar.

–No, nunca hablaba de eso.

–¿Nunca la mencionó a propósito de Quint?

Poniéndose visiblemente encarnada, comprendió lo que yo iba descubriendo.

—Bueno, él nunca dejó ver nada. Negaba, negaba —repitió.

¡Señor, cómo la presioné entonces!

—¿Así que usted se dio cuenta de lo que había entre aquellos dos miserables?

—¡Yo no lo sé, yo no lo sé! —gimió la pobre mujer.

—Usted lo sabe, querida mía —repliqué—. Sólo que usted no tiene mi terrible audacia mental y se retrae, por timidez, modestia y delicadeza, e incluso calla que en el pasado, cuando hubo de desenvolverse en silencio, sin mi ayuda, la mayor parte de las cosas la hicieron sentirse desgraciada. ¡Pero yo voy a sacárselo! Había algo en el niño —proseguí— que le hizo sospechar a usted que encubría y ocultaba su relación con Quint.

—¡Oh!, él no podía evitar...

—¿Que usted supiera la verdad? ¡Me atrevo a decirlo! Pero ¡cielos! —exclamé con vehemencia y sin pensarlo—, eso demuestra hasta qué punto había conseguido dominarlo.

—¡Oh, nada de aquello le impide estar *ahora* bien! —intercedió lúgubremente la señora Grose.

—No me extraña que reaccionara de un modo tan raro —insistí—, cuando le mencioné la carta del colegio.

—¡Dudo que me portara de un modo más raro que usted! —replicó con fiero orgullo—. Y si hubiera sido tan malo como usted da a entender, ¿cómo puede ser ahora ese ángel?

–Desde luego que sí... ¡Y también pudo ser un diablo en el colegio! Bueno –dije en medio de mi tormento–, usted debe volver a contármelo, pero yo no podré hablarle en varios días. ¡Vuelva a contármelo tan sólo! –grité de tal forma que hice abrir mucho los ojos a mi amiga–. Hay ciertas cosas que no quiero sacar a colación de momento. –Luego volví sobre su primer ejemplo, al que se había referido antes, de la feliz capacidad del muchacho para cometer ocasionales deslices–. Si Quint era un vulgar criado, según lo calificó usted en la época a que nos referimos, una de las cosas que Miles le dijo a usted, me estoy temiendo, fue que también usted lo era. –De nuevo su asentimiento fue tan convincente que proseguí–: ¿Y usted se lo perdonó?

–¿*Usted* no se lo hubiera perdonado?

–Sí, claro. –Y en medio del silencio intercambiamos una señal de extraordinario regocijo. Luego continué–: De todas formas, mientras estaba con aquel hombre...

–La señorita Flora estaba con la mujer. ¡Eso les unía a todos!

También para mí unía, sentí, sólo que demasiado bien; con lo cual quiero decir que encajaba exactamente con la concreta e insoportable idea que me hice al mismo tiempo que me prohibía tenerla en cuenta. Pero cómo conseguí contener toda manifestación de esta idea, en este momento no arrojaré mayor luz sobre el asunto que la simple mención de mi último comentario a la señora Grose:

—Confieso que el haber mentido y el ser descarado son acusaciones menos comprometedoras de lo que esperaba obtener de usted sobre las eclosiones del hombrecito que late dentro de Miles. Sin embargo —medité—, deben tenerse en cuenta, pues me hacen sentir más que nunca que debo vigilar.

Al instante siguiente me sonrojé al ver en el rostro de mi amiga hasta qué punto ella lo había perdonado sin reservas; la anécdota me afectó haciéndome buscar la ocasión para poner de manifiesto mi propia ternura. Ésta se presentó en la puerta de la sala de estudio, cuando ella me dejaba.

—¿No irá usted a acusarlo...?

—¿De tener una relación que me oculta? Recuerde que mientras no hayan más pruebas yo no acuso a nadie. —Y luego, antes de que cerrara desde fuera para irse a su habitación por otro pasillo, rematé—: Debo esperar.

9

Esperé y esperé, y los días, al pasar, se llevaron parte de mi consternación. En realidad, teniendo siempre mis alumnos a la vista y sin nuevos incidentes, muy pocos días bastaron para, como si fueran una especie de cepillo, borrar los penosos fantasmas e incluso los odiosos recuerdos. He hablado del abandono a su extraordinaria gracia infantil como algo que podía cultivar, y fácil es imaginarse si me negaría ahora a dirigirme a esta fuente en busca de cuanto pudiera dar de sí. Más extraño de todo lo que yo pueda decir fue, desde luego, el esfuerzo por luchar contra mis nuevas intuiciones; no obstante, sin duda la tensión hubiera sido mayor de no haber sido tantas veces victoriosa. Solía preguntarme si los pequeños a mi cuidado no sospecharían de que yo pensaba cosas raras sobre ellos; y la circunstancia de que esas cosas sólo los hiciese más interesantes no suponía en sí una ayuda para mantener ocultos mis pensamientos. Temblaba de pensar que pudieran comprender que de esta forma resultaban mucho más interesantes. No obstante, en el peor de los casos, como tantas veces me dije en mis meditaciones, toda duda acerca de su inocencia sólo era –siendo ellos intachables y predestinados– una razón adicional para correr riesgos. Hubo momentos en que, por un irresistible impulso, me encontré cogiéndolos y estrujándolos contra mi pecho. Una vez lo había hecho, solía decirme: «¿Qué pensarán de esto? ¿No me estaré traicionando demasiado?» Sería fácil embrollarme, triste y desmedidamente, sobre cuánto pude traicionarme; pero el verdadero cuadro, creo, de las horas de paz que aún pude disfrutar fue fruto de que el encanto de mis compañeros seguía siendo seductor, incluso cuando lo ensombrecía la posibilidad de estar bajo observación. Así como en ocasiones podían albergar sospechas como consecuencia de los estallidos de mi intensa pasión por ellos, también me recuerdo preguntándome si no había algo raro en el perceptible aumento de sus propias manifestaciones.

En este período fueron extraordinaria y extravagantemente cariñosos conmigo; lo cual, después de todo, se podía conjeturar, no era sino la graciosa respuesta de unos niños objeto constantemente de saludos y reverencias. Estos homenajes que tanto prodigaban en verdad tenía tanto éxito, sobre mis nervios, como si yo nunca me viera a mí misma o, digámoslo así, como si literalmente nunca les buscara su intencionalidad. Creo que jamás habían querido hacer tantas cosas por su pobre protectora. Aunque cada vez aprendían mejor las lecciones, lo que naturalmente la complacía en sumo grado, me refiero a la forma de divertirla, entretenerla y sorprenderla; le leían episodios, le contaban historias, le representaban charadas, se abalanzaban sobre ella disfrazados de animales y de personajes históricos, y sobre todo la asombraban con las «piezas» que habían aprendido de memoria en secreto y que eran capaces de recitar interminablemente. Nunca llegaría a describir, ni siquiera ahora, la prodigiosa interpretación íntima, sometida a una censura aún más íntima, con que en aquellos días desmenuzaba sus horas. Desde el principio me habían demostrado su facilidad para todo, una capacidad general con la que, partiendo cada vez de cero, alcanzaban alturas notables. Se ocupaban de sus pequeños deberes como si les gustasen y, por la misma exuberancia de su talento, se complacían en realizar pequeños milagros memorísticos en absoluto impuestos. No sólo me asaltaban vestidos de tigres y de romanos, sino de personajes de Shakespeare, de astrónomos y de navegantes. Tan así era el caso que presumiblemente tenía mucho que ver con un hecho para el que, hasta el día de hoy, carezco de otra explicación: me refiero a mi antinatural componenda sobre el nuevo colegio de Miles. Lo que recuerdo es que por entonces estaba contenta de no plantear el problema y que el contenido debió brotar de su siempre sorprendente exhibición de inteligencia. Era demasiado inteligente para una pobre institutriz, para la hija de un párroco; y el hilo más extraño, si no el más brillante del rico bordado que acabo de mencionar, era la sensación que yo debía tener, si me hubiera atrevido a descubrirla, de que actuaba bajo alguna influencia que suponía un tremendo estímulo para su vida intelectual.

No obstante, si bien era fácil pensar que semejante niño bien podía retrasar su vuelta al colegio, resultaba inconcebible pensar que semejante niño hubiera sido expulsado por un maestro. Permítaseme agregar que ahora, estando en su compañía –y bien me cuidaba de no perderla casi nunca–, no era capaz de seguir muy lejos ninguna pista. Vivíamos en medio de una atmósfera de música y cariño, de éxitos y representaciones teatrales. El sentido musical de los dos niños era agudísimo, pero sobre todo el mayor tenía un maravilloso don para captarla y repetirla. El piano de la sala de estudio prorrumpía en toda clase de fantásticos caprichos; y cuando eso fallaba, conspirábamos en los rincones, con la secuela de que uno de ellos salía con el mejor humor para «entrar» luego como algo nuevo. Yo había tenido hermanos y no era para mí ninguna revelación ver que las muchachitas jóvenes idolatran

90

como esclavas a los niños. Lo que sobresalía por encima de todo era que hubiese en el mundo un muchacho capaz de sentir tan delicada consideración por una persona de edad, sexo e inteligencia inferiores. Estaban extraordinariamente compenetrados y decir que nunca discutían ni se hacían reproches sería una burda alabanza de la dulzura en que se desenvolvían sus relaciones. De hecho, a veces, cuando caía en la rutina, quizá percibía signos de pequeños sobreentendidos entre ellos mediante los cuales uno me distraía mientras el otro huía. En toda diplomacia, imagino, hay un aspecto *naïf;* pero si mis alumnos la ejercían conmigo, lo hacían desde luego de la forma menos grosera posible. Fue en otra parte donde, después de la tregua, estalló la grosería.

En realidad me siento dubitativa, pero debo lanzarme. Al proseguir dando cuenta de lo que se ocultaba en Bly, no sólo desafío a la credulidad menos prejuiciosa –lo cual poco me importa–, sino que –y esto es otra cosa– reavivo mis propios sufrimientos y de nuevo recorro mi camino hasta el final. De pronto llegó un momento tras el cual, según lo veo ahora, tengo la sensación de que por mi parte todo fueron sufrimientos; pero al menos he llegado al fondo del problema y, sin duda, el mejor camino es seguir. Una noche, sin que nada lo anunciara, tuve la misma fría sensación que había percibido la noche de mi llegada y que, mucho más leve entonces, como ya he dicho, habría dejado poca huella en mi memoria de haber sido menos agitada mi anterior estancia en Bly. No me había acostado; leía sentada junto a un par de velas. Había en Bly toda una habitación de libros antiguos –novelas del siglo pasado– y entre ellas títulos de lamentable fama, pero en ningún caso obras descarriadas, que habían sonado hasta en mi remoto hogar y despertado mi curiosidad infantil. Recuerdo el libro que tenía en las manos, la *Amelia* de Fielding; también que estaba completamente despierta. Además, recuerdo el vago convencimiento de que era terriblemente tarde así como una especial renuencia a consultar el reloj. Por último, supongo que la cortina blanca que cubría la cabecera de la camita de Flora, según la moda de la época, protegía el perfecto reposo de la niña, como me habría asegurado mucho antes. Recuerdo, en suma, que aunque estaba profundamente sumida en mi lectura, al volver una página, pese a estar presa del hechizo del autor, me sorprendí elevando los ojos y mirando fijamente la puerta del cuarto. Durante un momento permanecí atenta, acordándome de la sutil sensación vivida la primera noche de que había en la casa algo indefinible y activo, y noté que la suave brisa del ventanal abierto acababa de mover el velo semicorrido de la cama. Luego, con todos los requisitos de una voluntad que hubiera parecido magnífica a quien la hubiese presenciado, dejé caer el libro, me puse en pie y, cogiendo una vela, salí decididamente de la habitación, y ya en el pasillo, donde mi luz destacaba poco, cerré la puerta sin hacer ruido y le di una vuelta.

Ahora no sabría decir qué me decidió ni qué me guió, pero avancé por el pasillo, sosteniendo la vela en alto, hasta divisar la alta ventana que presidía el gran arco de la escalera. Entonces, de pronto me di cuenta de tres cosas. Prácticamente fueron simultáneas, pero ocurrieron sucesivamente. Un audaz soplo de aire me había apagado la vela y, por la ventana abierta, descubrí que la creciente luz del amanecer la hacía innecesaria. Sin su ayuda, al momento siguiente vi que había alguien en la escalera. Hablo de sucesión, pero no fue menester que pasaran segundos para aprestarme a mi tercer encuentro con Quint. La aparición se erguía en mitad de la escalera y, por tanto, lo más cerca posible de la ventana, donde, al verme, se detuvo en seco y se quedó mirándome exactamente igual que había hecho en la torre y en el jardín. Me conocía tan bien como yo lo conocía a él; y por eso, en la fría y tenue luz del amanecer, al resplandor del alto ventanal y el otro resplandor del roble pulimentado de la escalera, nos miramos mutuamente con idéntica intensidad. En esta ocasión era una figura absolutamente viva, detestable y peligrosa. Pero no era el horror de los horrores; me reservo este calificativo para otras circunstancias muy distintas, unas circunstancias en que indiscutiblemente el pavor me había abandonado y todo mi ser, sin excepción, le hizo frente y le desafió.

Sentí una gran angustia después de aquel momento extraordinario, pero, gracias a Dios, ningún terror. Y al cabo de un segundo me di cuenta de que él lo sabía. Con un furioso arrebato, tuve la intuición de que si me mantenía un minuto en mi lugar, al menos esta vez, dejaría de tener que hacerle frente; en consecuencia, durante un minuto la cosa fue tan humana y repugnante como una entrevista real: era repugnante porque *era* humana, tan repugnante como encontrarme a solas, de madrugada, en una casa dormida, con un enemigo, con un aventurero, con un criminal. El enorme silencio de nuestra larga observación en aquellas posiciones tan cercanas fue lo que aportó al horror, aun siendo tan grande, su única nota sobrenatural. Si me hubiera encontrado con un asesino en semejante lugar y a semejante hora, al menos hubiéramos hablado. En vida, algo habría ocurrido entre nosotros; de no haber pasado nada, alguno se hubiera movido. El momento se prolongó tanto que poco me faltó para dudar de si estaba viva. No sé explicar lo que siguió, a no ser diciendo que el mismo silencio –en realidad, una forma de demostrar mis fuerzas– se convirtió en el elemento en que vi desaparecer la figura; en que la vi darse definitivamente la vuelta, como lo hubiera hecho después de recibir una orden del miserable al que perteneció en un tiempo, y con mis ojos sobre su vil espalda, más desfigurada que la de un jorobado, descender las escaleras y sumergirse en la oscuridad en la que se perdía el siguiente tramo.

10

Permanecí un tiempo en lo alto de la escalera, pero con el resultado de comprender en seguida que, cuando mi visitante se había ido, lo había hecho definitivamente; entonces regresé a mi cuarto. Lo primero que vi en él, a la luz de la vela que había dejado encendida, fue que la camita de Flora estaba vacía y ante esto me quedé sin aliento con todo el terror que cinco minutos antes había sido capaz de reprimir. Me lancé sobre el lugar donde la había dejado durmiendo y donde estaban desordenadas las sábanas y la colcha de seda y aparecían descuidadamente corridas las cortinas blancas. Luego, para mi indescriptible alivio, mis pasos despertaron una respuesta: percibí que se agitaba la cortina de la ventana y, en la parte exterior y con la cabeza agachada, surgió la niña. Estaba allí con todo su candor y tan peque-

ñita dentro de la camisa de dormir, con los son-
rosados pies desnudos y el brillo dorado de sus
tirabuzones. Parecía muy seria y yo nunca había
tenido aquella sensación de estar perdiendo una
ventaja ganada (con tan prodigioso estremecimiento) así como la conciencia de que me trataba
con reproche. «Malvada. ¿Dónde ha ido?» En
lugar de acusarla por su falta, me encontré siendo
acusada y justificándome. Por su parte, ella se explicó con la más encantadora y vehemente sencillez. Estando acostada, de repente se había perca-
tado de que yo había salido del dormitorio y se
había levantado para saber qué me pasaba. Con
la alegría de su reaparición me había dejado yo
caer en el sillón, sintiéndome entonces, y sólo
entonces, un poco mareada; y ella se había acercado a mí, se había arrojado sobre mis rodillas,
dejando que la llama de la vela cayera de plano
sobre su hermosa carita todavía sonrosada por el
sueño. Recuerdo que cerré los ojos un instante,
consciente y satisfecha, ante la excesiva belleza
con que resplandecía su melancolía.

–¿Me buscabas por la ventana? –dije–. ¿Pensa-
bas que podía estar paseándome por el parque?

–Bueno, ya sabe, pensé que había alguien...

Nunca había palidecido tanto como al sonreír-
me ahora.

¡Y cómo la miré yo entonces!

–¿Y has visto a alguien?

–¡Ah, *no*! –respondió casi con resentimiento,
utilizando el privilegio de la incoherencia infan-

til, bien que con gran dulzura en la forma de balbucir su negativa.

En aquel momento, en mi estado de nervios, estaba completamente convencida de que mentía; y si volví a cerrar los ojos fue deslumbrada por las tres o cuatro posibles interpretaciones de los hechos. Momentáneamente, una de ellas me tentó con tal intensidad que, para superarla, hube de apretar a mi pequeña con un espasmo que, asombrosamente, ella soportó sin un grito ni la menor muestra de temor. ¿Por qué no abrirse a ella en el acto y ponerlo todo al descubierto? ¿O lanzárselo a su carita adorable y radiante? «Mira, mira, tú sabes lo que haces y sospechas lo que yo opino; luego, ¿por qué no confesármelo francamente, de forma que por lo menos podamos vivir juntas con eso y quizá aprender, pese a la extravagancia de nuestro sino, dónde estamos y qué significa?» Esta tentativa se desvaneció, ay, del mismo modo como se había ocurrido: si hubiera sucumbido de inmediato a ella, podría haberme ahorrado... en fin, ya se verá qué. En lugar de sucumbir, me puse en pie de nuevo, miré la cama de Flora e irremediablemente opté por un inútil término medio.

–¿Por qué has corrido la cortina sobre la cabecera para hacerme creer que seguías dentro?

Flora pensó visiblemente; tras lo cual, con su divina sonrisa, dijo:

–¡Porque no quería asustarla!

–Pero si yo había salido, como tú creías...

Se negó absolutamente a dejarse embrollar; dirigió la mirada hacia la llama de la vela, como si la pregunta no tuviera importancia o, por lo menos, fuera tan impersonal como un trabalenguas.

–Pero, sabe –respondió con absoluta corrección–, podía volver, querida, ¡y eso es lo que ha hecho!

Y al poco, cuando estuvo en la cama y conmigo a su lado, cogiéndole la mano largo rato, tuve que demostrar que reconocía la oportunidad de haber regresado.

Es fácil imaginar cómo transcurrieron mis noches a partir de aquélla. Repetidas veces permanecí en vela hasta perder la noción de la hora; cuando creía que mi compañerita de habitación dormía con toda seguridad, me escapaba a dar silenciosos paseos por el pasillo e incluso avanzaba hasta donde había encontrado a Quint la última vez. Pero nunca volví a encontrarlo en aquel sitio; y ya podría decir que nunca volví a verlo dentro de la casa. Por otra parte, precisamente en la escalera malogré otra aventura distinta. Mirando hacia la planta baja, reconocí en una ocasión la presencia de una mujer sentada en los escalones inferiores, dándome la espalda, con el cuerpo semidoblado y la cabeza entre las manos, en actitud pesarosa. Sin embargo, sólo llevaba allí unos instantes cuando se desvaneció sin volverme la cara. Pese a lo cual, supe exactamente cómo era la pavorosa cara que hubiera mostrado; y me pregunté si, de haber estado abajo en lugar de arriba, habría tenido la misma serenidad para ascender que poco antes había demostrado delante de Quint. En fin, que no faltaron ocasiones para templar los nervios. La undécima noche después de mi postrer encuentro con aquel caballero –ahora las numeraba–, ocurrió un incidente que realmente, por su carácter inesperado, fue el que más me impresionó. Ocurrió precisamente la primera noche de esta serie en que, preocupada por vigilar, había tenido la sensación de que de nuevo podía acostarme, sin pecar de dejadez, según mi antiguo horario. En seguida me dormí, hasta la una, como luego supe; pero cuando desperté fue para sentarme derecha, tan despabilada como si una mano me hubiese abofeteado. Había dejado una luz encendida, pero estaba apagada, y al instante tuve la certidumbre de que había sido Flora quien la había apagado. Eso me hizo ponerme en pie y dirigirme a su cama, en medio de la oscuridad, que encontré vacía. Una mirada a la ventana me iluminó algo más y la cerilla que encendí completó el cuadro.

La niña había vuelto a levantarse, esta vez apagando la candela, y de nuevo con objeto de observar o responder, se apretujaba detrás de los visillos y escudriñaba la noche. Que algo veía –la vez anterior me había felicitado de que no fuera así– lo demostraba el hecho de no distraerla mi nueva iluminación ni mi precipitación al ponerme las zapatillas y la bata. Escondida, protegida, absorta, sin duda descansando en el antepecho

–la ventana abría hacia el exterior–, estaba entregada. Una gran luna llena la ayudaba y eso pesó en mi rápida decisión. Ella estaba cara a cara con la aparición que habíamos encontrado en el lago y ahora mantenía la comunicación que entonces no le había sido posible. Por mi parte, de lo que yo tenía que ocuparme era de, sin interrumpirla, llegar por el pasillo a otra ventana de la misma fachada. Alcancé la puerta sin que me oyera; salí, la cerré y, desde el otro lado, escuché sus ruidos. En cuanto estuve en el pasillo mis ojos se clavaron en la puerta del hermano, que sólo estaba a unos diez pasos de distancia y que me reavivó de una forma indescriptible un extraño impulso que últimamente denominaba mi tentación. ¿Qué pasaría si fuese directamente a la ventana de él? ¿Que si, arriesgándome a provocar su infantil atolondramiento al revelarle mis motivos, atajara el resto del misterio mediante una gran osadía?

Este pensamiento me dominó hasta hacerme cruzar el umbral de su puerta y detenerme de nuevo. Inexplicablemente me quedé escuchando; me inventé una explicación del prodigio que podía estar sucediendo; me pregunté si también su cama estaría vacía y si también él observaría en secreto. Fue un instante profundo y silencioso tras el que me abandonaron las fuerzas. Él estaba tranquilo, podía ser inocente; el riesgo era terrible; y retrocedí. Por el parque había una figura, una figura que merodeaba, el visitante con quien se relacionaba Flora, pero no el visitante más interesado por mi muchacho. De nuevo dudé, pero por otras razones y sólo unos segundos; luego tomé una decisión. En Bly había habitaciones vacías y sólo era cuestión de elegir la adecuada. De pronto tuve la idea de que la adecuada era la situada en la planta baja –aunque algo elevada sobre el jardín– de la esquina de la casa a que me he referido con el nombre de la torre vieja. Era una sala grande y cuadrada, dispuesta con cierto lujo como dormitorio, pero cuyo tamaño fuera de lo normal la hacía tan inadecuada que, pese a mantener la señora Grose un orden ejemplar, no se había utilizado en años. Muchas veces había entrado a verla y conocía el camino; luego de vacilar en el primer contacto con las frías tinieblas del abandono, sólo tuve que atravesarla y abrir, lo más silenciosamente posible, uno de los postigos. Hecho esto, descubrí el cristal sin hacer ruido, pegué la cara y, no siendo la oscuridad mucho menor que en el interior, comprobé que había acertado con el emplazamiento. Luego vi algo más. La luna hacía que la noche fuera extraordinariamente penetrable y me permitió ver a una persona en el prado, desvaída por la distancia, que no se movía y que, como fascinada, miraba hacia donde yo me había asomado. Es decir, no tanto hacia mí como hacia algo situado ligeramente por encima de mí. Sin duda, había otra persona arriba en la torre; pero quien estaba en el prado no tenía nada que ver con lo que yo había imaginado y a cuyo encuentro me había apresurado a dirigirme. Quien estaba en el prado –me sentí mal al darme cuenta– era el pobre y pequeño Miles en persona.

11

Hasta el día siguiente no hablé con la señora Grose; el rigor con que mantenía a mis alumnos al alcance de mi vista solía dificultarme conversar con ella en privado, y mucho más conforme apreciamos la conveniencia de no despertar −ni en el servicio ni en los niños− la menor sospecha de alarma por nuestra parte ni de conversaciones misteriosas. En este sentido, su placidez me daba gran seguridad. Nada en la frescura de su cara podía traspasar a los demás mis horribles confidencias. Ella me creía, de eso estaba absolutamente convencida; de no ser así, no sé qué habría ocurrido, pues no hubiera sabido desenvolverme sola. Pero ella constituía un magnífico monumento a la santa falta de imaginación, y si en nuestros pupilos sólo veía su belleza y amabilidad, su felicidad e inteligencia, tampoco tenía comunicación directa con los motivos de mi angustia. De haber padecido ellos un daño visible o de haber sido maltratados, sin duda se hubiera crecido como un halcón, hasta ponerse a su altura; sin embargo, tal como estaban las cosas, cuando vigilaba a los niños con sus grandes brazos blancos cruzados y la habitual serenidad de su mirada, la sentía dar gracias a la bondad de Dios porque, aunque en ruinas, sus piezas aún sirvieran. En su mente, los vuelos de la imaginación daban lugar a un frío calor sin llama, y yo estaba comenzando a percibir cómo, al crecer el convencimiento de que –conforme pasaba el tiempo sin incidentes manifiestos– nuestros jóvenes podían cuidarse solos, después de todo, ella podía dedicar la mayor parte de su atención al triste caso de la institutriz. Para mí, esto simplificaba las cosas: podía comprometerme a que mi rostro no delatara lo que ocurría al exterior, pero en aquellas condiciones hubiera sido una enorme tensión adicional estar pendiente de que ella tampoco las contara.

En la ocasión a que me refiero, la señora Grose me acompañaba, a petición mía, en la terraza donde, con el cambio de estación, ahora era agradable el sol de la tarde; y estábamos sentadas allí mientras, delante de nosotras, a cierta distancia, pero al alcance de la voz, los niños corrían de un lado a otro con un humor de lo más dócil. Se movían lentamente y al unísono bajo nuestra mirada; el niño leía un libro de cuentos y pasaba el brazo alrededor de la hermana para mantenerla atenta. La señora Grose los observaba evidentemente complacida; luego sorprendí el sofocado gruñido con que conscientemente se volvió hacia mí para que le enseñara la otra cara de la moneda. Yo la había convertido en un receptáculo de ignominias, pero había un obvio reconocimiento de mi superioridad –de mis capacidades y de mi función– en su paciencia para con mi dolor. Ofrecía su inteligencia a mis revelaciones como hubiera sostenido una cacerola grande y limpia si yo hubiese querido preparar un brebaje de bruja y se lo hubiese solicitado con firmeza. Ésta exactamente era su actitud en el momento en que, a mitad del relato de los sucesos de la noche, llegué al punto de lo que me dijo Miles, después de haberlo visto a tan monstruosa hora casi en el mismo lugar donde ahora estaba y después de haber salido a recogerlo, solución que preferí desde mi observatorio de la ventana teniendo en cuenta la necesidad de no alarmar a la casa. Y la había dejado con la pequeña duda de si conseguiría describir adecuadamente, incluso contando con su auténtica simpatía, la verdadera y esplendorosa inspiración con que el pequeño, una vez dentro de casa, hizo frente a mi último y claro desafío. En cuanto aparecí en la terraza iluminada por la luna, se dirigió hacia mí; así que, cogiéndolo de la mano y sin decirle una palabra, lo conduje por entre la oscuridad hasta lo alto de la escalera, donde con tanta insistencia lo había buscado

Quint, y por el pasillo donde yo había escuchado y temblado, hasta dejarlo en su dormitorio.

En el trayecto no intercambiamos ni una palabra y yo me pregunté –¡cómo me lo preguntaba!– si su pequeña inteligencia no estaría tramando algo plausible y no demasiado grotesco. Lo cual, sin duda, ponía a prueba su inventiva, y esta vez sentí su auténtico embarazo con un escalofrío triunfal. ¡Era una severa trampa contra lo inescrutable! Ya no podría seguir fingiendo inocencia, así que ¿cómo diantre iba a salir de aquel lío? También en mi interior, con el apasionado pulso de esta pregunta, latía idéntica y muda pregunta sobre cómo debía yo comportarme. Al fin me enfrentaba, como nunca hasta entonces, a todos los riesgos que conllevaba pronunciar en voz alta mis terrores. De hecho, recuerdo que conforme entramos en su pequeña alcoba, en cuya cama nadie había dormido, y cuya ventana abierta a la luz de la luna iluminaba hasta no haber necesidad de encender una cerilla, recuerdo cómo de pronto me desmoroné, caí al borde de la cama, ante la opresiva idea de que él sabía verdaderamente cómo «quedarse» conmigo, que se dice. Podía hacer lo que quisiera, con toda su inteligencia a su favor, mientras que yo debía seguir dependiendo de esa antigua tradición criminalista de los guardianes de los jóvenes que los dominan mediante supersticiones y miedos. En realidad, se había «quedado» conmigo y me tenía bien cogida; pues ¿quién me absolvería, quién consentiría en que saliera libre si, con la más leve insinuación, era yo la primera en introducir en nuestras intachables relaciones un elemento tan espantoso? No, no; era inútil tratar de comunicar a la señora Grose, como poco menos lo es el tratar de sugerirlo aquí, como en nuestra breve y torpe escaramuza a oscuras casi me hizo temblar de admiración. Por supuesto, estuve escrupulosamente amable y bondadosa; nunca antes había puesto sobre sus pequeños hombros unas manos tan tiernas como las que lo sostenían frente al fuego mientras yo me apoyaba en la cama. No tenía más alternativa que, al menos formalmente, descubrirme.

—Ahora debes contármelo y contarme toda la verdad. ¿A qué has salido? ¿Qué hacías ahí fuera?

Todavía veo su hermosa sonrisa, el blanco de sus hermosos ojos y sus dientecitos descubiertos y brillando en la oscuridad.

—Si le digo el porqué, ¿lo comprenderá? —Ante esto, el corazón se me subió a la boca. ¿Me contaría el porqué? Mis labios no encontraban las palabras para presionarlo y me di cuenta de que sólo le contestaba con una mueca de vago y repetido asentimiento. Él era la mismísima caballerosidad y, mientras yo cabeceaba, se mantenía allí de pie, más príncipe azul que nunca. En realidad, su agudeza me concedió un respiro. ¿Podía ser algo tan importante si de verdad iba a decírmelo?—. Bueno —dijo al fin—, precisamente para que usted tuviera que hacer esto.

—Para hacer ¿qué?

—¡Para que creyera, para variar, que soy *malo*! Nunca olvidaré la dulzura y alegría con que pronunció la palabra ni cómo, en el momento cumbre de la escena, se inclinó hacia adelante y me besó. Prácticamente fue el final de todo aquello. Recibí su beso y, mientras lo tuve cogido entre mis brazos durante un minuto, hube de hacer un inmenso esfuerzo para no gritar. La suya era exactamente el tipo de explicación que más me cortaba, y sólo a modo de confirmación, una vez hube mirado alrededor de todo el cuarto, dije:

—Entonces, ¿no te has desnudado?

Casi resplandecía en las tinieblas.

—En absoluto. Me senté y he estado leyendo.

—¿Y cuándo has bajado?

—A medianoche. ¡Cuando soy malo, soy malo, de verdad!

—Ya veo, ya veo... Es fascinante. Pero ¿por qué estabas seguro de que yo iba a enterarme?

—Me puse de acuerdo con Flora. —¡Su respuesta surgió pronta!—. Ella tenía que levantarse y mirar por la ventana.

—Que es lo que ha hecho.

¡Ahora era yo la que caía en la trampa!

—Así usted se inquietaría y, para ver qué miraba, también miraría... y miró.

—¡Mientras tú —interrumpí—, te exponías a pescar un resfriado en el aire frío de la noche!

Estaba, literalmente, tan ufano de la hazaña que convino radiante:

—¿Cómo si no hubiera sido verdaderamente malo?

Luego, después de otro abrazo, el incidente y nuestra conversación concluyeron con mi reconocimiento de todas las reservas de bondad que, con su broma, había conseguido extraer de él.

12

A la luz del atardecer, la especial impresión que
yo había recibido no afectó de modo particular a
la señora Grose, repito, aunque la reforcé men-
cionando otra observación que me hiciera el
niño antes de separarnos.

—Todo radica en media docena de palabras
—dije a la señora Grose—, palabras que verdaderamente aclaran el asunto. ¡Piense en lo que podría
hacer! Me lanzó eso para demostrarme lo bueno
que es. Él sabe perfectamente lo que «podría»
hacer. Eso es lo que debió demostrar en el colegio.

—¡Por Dios, usted desvaría! —gritó mi amiga.

—¡No desvarío! Simplemente me explico. Los
cuatro implicados se encuentran constantemente. Si usted hubiera estado con alguno de los niños cualquiera de estas últimas noches, lo com-

prendería con toda claridad. Cuanto más he vigilado y esperado, más he tenido la sensación de que no hace falta nada más para estar segura que el sistemático silencio de los niños. Nunca, ni por un desliz, han hecho ni siquiera alusión a sus antiguos amigos, lo mismo que Miles no ha aludido a su expulsión. Ay, sí, podemos sentarnos aquí y mirarlos, y ellos pueden exhibírsenos a sus anchas; pero aunque simulen estar perdidos en sus cuentos de hadas, están inmersos en la visión de los muertos que regresan. Él no está leyendo para ella —afirmé—, sino que están hablando de *ellos*, ¡están hablando de cosas horrorosas! Me comporto como si estuviera loca y es un milagro que no lo esté. Lo que he visto la hubiera enloquecido a usted; pero a mí sólo me ha hecho más lúcida, sólo me ha hecho percatarme de otras cosas.

Mi lucidez debía parecer horrible, pero las encantadoras criaturas que eran sus víctimas, pasando una y otra vez con su armoniosa dulzura, proporcionaban un agarradero a mi colega; y yo percibía con cuánta fuerza se agarraba ella, cómo, sin dejarme agitar por el aliento de mi pasión, los protegía en silencio con sus ojos.

—¿De qué otras cosas se ha dado usted cuenta?

—Pues de muchas cosas que me han deleitado, que me han fascinado y que, no obstante, en el fondo, como ahora comprendo con suma extrañeza, me han engañado y compungido. Su belleza más que natural, su bondad absolutamente extraterrena. ¡Es un juego –proseguí–, una táctica y un fraude!

–¿Por parte de los encantadores niños?

–¿Aún siguen siendo encantadores? ¡Sí, por absurdo que pueda parecer! –El mismo hecho de ponerlo de manifiesto me ayudó a rastrearlo, a retroceder en los recuerdos y a atar los distintos cabos–. No han sido buenos... simplemente estaban ausentes. Ha sido fácil vivir con ellos, sencillamente debido a que los dos llevan su propia vida aparte. No son míos, no son nuestros. El niño es de él y la niña es de ella. ¡Los niños son de él y de ella!

–¿De Quint y de la mujer?

–De Quint y de la mujer. Quieren dominarlos.

¡Ay, cómo los escrutó la señora Grose al oír estas palabras!

–Pero ¿para qué?

–Por el amor a todo lo malo que, en aquellos terroríficos días, les inculcó la pareja. Y para seguir inculcándoles el mal, para perseverar en su obra demoníaca. Para eso vuelven.

–¡Por Dios! –dijo mi amiga, perdiendo el aliento.

Esta exclamación era habitual en ella, pero revelaba una verdadera aceptación de mi última tesis, de lo que en las malas épocas –¡pues las hubo peores que éstas!– debió ocurrir. No hubiera podido disponer de mejor justificación que el claro asentimiento de su experiencia respecto a la profundidad de la depravación que yo creía concebible en el caso de nuestro par de golfantes. Lo que dijo un momento después fue un evidente triunfo de la memoria:

–¡*Eran* unos golfos! Pero ¿qué pueden hacer ahora? –agregó.

–¿Hacer? –repetí tan fuerte que Miles y Flora, que pasaban a cierta distancia, se detuvieron un instante y nos miraron–. ¿No basta con lo que hacen? –inquirí en voz baja mientras los niños, que nos habían sonreído, hecho asentimientos y enviado besos con la mano, reanudaron sus juegos. Durante unos instantes estuvimos pendientes de ellos; luego respondí–: ¡Pueden destruirlos! –Ante lo cual mi compañera se revolvió, pero su pregunta fue silenciosa y tuvo como efecto el obligarme a ser más explícita–: Aún no saben bien cómo, pero lo persiguen con todas sus fuerzas. Sólo se dejan ver a distancia, como si dijéramos, en sitios extraños y elevados, en lo alto de las torres, en los tejados de la casa, al otro lado de las ventanas, en la otra orilla del estanque; pero hay un verdadero propósito por ambas partes de acortar distancias y superar los obstáculos; y el que lo consigan sólo es cuestión de tiempo. Tan sólo tienen que mantener sus peligrosas insinuaciones.

–¿Para que acudan los niños?

–¡Y perezcan en el intento! –La señora Grose se levantó lentamente y yo agregué llena de escrúpulos–: A menos que podamos impedirlo, claro está.

Delante de mí, de pie, en tanto yo seguía sentada, daba visiblemente vueltas a la idea.

–Su tío debería evitarlo. Debería llevárselos.

–¿Y quién va a decírselo a él?

La señora Grose había guardado las distancias, pero ahora se me echó encima.

–Usted, señorita.

–¿Escribiéndole que la casa está emponzoñada y sus sobrinitos locos?

–Pero ¿lo están, señorita?

–¿Quiere decir que puedo estarlo yo? Son unas encantadoras noticias para recibirlas de una institutriz cuya principal obligación es no molestarlo.

La señora Grose meditó, siguiendo de nuevo a los niños con la mirada.

–Sí, odia las complicaciones. Esa fue la razón de peso...

–¿De que aquellos demonios lo tuvieran tanto tiempo engañado? Sin duda, aunque su indiferencia debe haber sido terrible. Como yo no soy un demonio, en ningún caso debería engañarlo.

Por toda respuesta, al cabo de un instante mi compañera volvió a sentarse y me cogió la mano.

–Haga de todas formas que venga con usted.

La miré fijamente.

–¿Conmigo? –Sentí un repentino miedo de lo que ella pudiera hacer–. ¿A él?

–Debe estar aquí. Debe ayudar.

Me levanté de prisa y creo que debí mostrarle la expresión más rara que nunca me había visto.

–¿Me imagina usted pidiéndole visita?

No, con sus ojos puestos en mi cara evidentemente le resultaba imposible. En lugar de eso, vería –como una mujer ve en otra– lo que veía yo: su mofa, su diversión, su desprecio por la quiebra de mi resignación al quedarme sola y por el ingenioso mecanismo que había puesto en marcha para merecer su interés por mis escasos encantos. Ella no sabía –no lo sabía nadie– lo orgullosa que estaba yo de servirle y de cumplir nuestro pacto; sin embargo, supo apreciar, supongo, la advertencia que le hice:

–Si usted perdiera la cabeza hasta apelar en mi nombre...

Ella estaba verdaderamente asustada.

–¿Sí, señorita?

–En ese momento los dejaría, a usted y a él.

13

Era muy fácil unirse a ellos, pero hablarles resultó, como siempre lo había sido, algo que estaba por encima de mis fuerzas y que, dentro de casa, presentaba dificultades insuperables. Esta situación se prolongó un mes, con nuevos agravantes y especiales características, sobre todo con las cada vez más agudizadas pequeñas ironías por parte de mis alumnos. No eran cosas de —estoy tan segura como lo estaba entonces— mi infernal imaginación; era completamente evidente que se daban cuenta de mi malestar y que desde hacía tiempo esta extraña relación creaba, en cierto sentido, la atmósfera donde nos movíamos. No quiero decir que me sacaran la lengua ni que hicieran vulgaridades de ninguna clase, pues no eran esos sus peligros; quiero decir, por el contrario, que fue creciendo entre nosotros lo innombrable e intocable, y que tanta contención no hubiera podido mantenerse sin un acuerdo tácito. En algunos momentos era como si siempre estuviéramos viendo cosas que debíamos atajar, saliendo apresuradamente de vías que sabíamos sin salida, cerrando con pequeños portazos las puertas que habíamos abierto, con golpes que nos hacían mirarnos, pues como ocurre con todo los golpes eran mayores de lo que hubiéramos deseado. Todos los caminos conducen a Roma y hubo veces en que debería habernos sorprendido que todos los temas de estudio o de conversación orillaran el terreno prohibido. El terreno prohibido era la cuestión del retorno de los muertos en general y, en especial, de todo lo que pudiera sobrevivir en el recuerdo de los amigos que habían perdido los pequeños. Hubo días en que podría haber jurado que, con un leve codazo invisible, uno había dicho al otro: «Se cree que esta vez lo hará, pero *no* lo hará.» «Hacerlo» habría consistido en tolerar, por ejemplo, y de una vez, alguna referencia directa a la señora que los había preparado para mortificarme. Sentían un delicioso e insaciable interés por todas las anécdotas de mi vida, con las que los había obsequiado una y otra vez; disponían de todo cuanto me había ocurrido, tenían la relación de mis más pequeñas aventuras, con todos sus detalles, y de las aventuras del perro y del gato de mi casa, y de las aventuras de mis hermanos y hermanas, así como de muchas particularidades sobre el excéntrico carácter de mi padre, de los muebles y de la disposición de nuestra casa y de las conversaciones de las viejas de nuestro pueblo. Entre unas y otras, había suficientes cosas para charlar, si se iba muy de prisa y se sabía instintivamente dónde detenerse. Con la habilidad que les era propia, tiraban de las cuerdas de mi imaginación y de mi memoria; y cuando pensaba más tarde en tales ocasiones, ninguna otra cosa quizá me despertaba tanto la sospecha de estar siendo observada. En cualquier caso, únicamente hablábamos cómodamente si hablábamos sobre *mi* vida, *mi* pasado y *mis* amigos; una situación que a veces los llevaba, sin venir a cuento en absoluto, a entrometerse en los recuerdos de mi vida social. Me invitaban –sin que tuviera relación con nada– a repetir la famosa frase de un Juan Lanas o a confirmar detalles antes mencionados sobre la inteligencia del caballo de la parroquia.

Con el sesgo que habían ido tomando las cosas, mi malestar, como antes lo he llamado, creció ante incidentes como éstos, por una parte, y por otra muy distintos. El hecho de que los días transcurrieran sin nuevos encuentros debería haber contribuido, aparentemente, a tranquilizarme los nervios. Desde el ligero sobresalto, aquella noche en la planta alta, sufrido ante la presencia de la mujer al pie de la escalera, nada había visto dentro ni fuera de la casa que mejor hubiera sido no ver. Había muchos recodos donde esperaba tropezar con Quint y muchas situaciones en que, por su siniestra naturaleza, hubieran debido favorecer las apariciones de la señorita Jessel. El verano había terminado, el verano había desaparecido; el otoño había caído sobre Bly y había apagado la mitad de nuestras luces. Con su cielo gris y sus guirnaldas marchitas, sus espacios desnudos y las hojas muertas desparramadas, el lugar era como un teatro después de la representación, con los programas arrugados esparcidos por el suelo. Había determinadas condiciones meteorológicas, de sonido y quietud, indecibles sensaciones similares a momentos litúrgicos, que me devolvían, con suficiente intensidad para captarla, la atmósfera de aquella tarde de junio al aire libre en que había visto por primera vez a Quint, visión que había tenido, además, después de verlo por la ventana, en el instante en que lo había buscado en vano por el círculo de la maleza. Reconocía las señales, los presagios; reconocía la hora, el lugar. Pero seguían estando solitarios y vacíos, y yo continuaba sin ser importunada, si de no importunada puede calificarse a una joven cuya sensibilidad no había decrecido, sino que se había agudizado del modo más extraordinario. En la conversación con la señora Grose sobre aquella horrible escena de Flora junto al lago había dicho, y la dejé perpleja, que desde aquel momento me preocupaba mucho más perder mi poder que retenerlo. Entonces había expresado lo que estaba de forma tan viva en mis pensamientos: la verdad de que, tanto si los niños los veían realmente como si no –puesto que eso no estaba terminantemente probado–, prefería con mucho mi propia exposición a modo de salvaguarda. Estaba dispuesta a conocer lo peor que se pudiera saber. Lo que yo no había vislumbrado entonces era que mis ojos podían quedar sellados mientras los de ellos estaban completamente abiertos. Pues bien, al parecer mis ojos estaban de momento sellados: una pérdida por la que parecía blasfemo no dar gracias a Dios. Había, ay, una dificultad en medio de todo aquello: hubiera dado gracias con toda mi alma de no estar firmemente convencida del secreto de mis alumnos.

¿Cómo podría repetir hoy los extraños pasos de mi obsesión? Había ocasiones en nuestra convivencia, en que hubiera estado dispuesta a jurar que, literalmente en mi presencia, pero con mi percepción disminuida, los niños recibían visitantes que conocían y que recibían de buena gana. Entonces, de no haber estado acobardada por la posibilidad de que el daño de evitarlo fuera mayor que el daño evitado, mi exaltación hubiera estallado. «¡Están aquí, están aquí! ¡Sois unos miserables –hubiese gritado–, y ahora no podéis negarlo!» Los pequeños miserables lo negaban con todo el peso adicional de su sociabilidad y de su ternura, precisamente cuando, en sus cristalinas profundidades, como el resplandor del pez en el arroyo, atisbaba su burlona superioridad. En verdad, el sobresalto se había grabado en mi interior más profundamente aún de lo que imaginara aquella noche cuando, buscando por la ventana a Quint o a la señorita Jessel bajo las estrellas, había encontrado al muchacho por cuyo reposo yo velaba y que inmediatamente sacó a relucir su encantadora sonrisa, volviéndose hacia mí, para quien había representado la terrorífica aparición de Quint en las almenas situadas sobre mi cabeza. Si el problema hubiera sido el miedo, mi descubrimiento de aquella ocasión me habría asustado más que todo lo demás, y fue del estado nervioso en que me sumió de donde extraje mis auténticas conclusiones. Me acosaban tanto que, en algunos momentos, me encerraba para ensayar en voz alta –lo que al tiempo era un alivio fantástico y una renovada desesperación– la forma de abordar el asunto. Lo afrontaba de una u otra forma mientras divagaba en mi cuarto, pero siempre me desmoronaba al pronunciar sus monstruosos nombres. Al desvanecerse en mis labios, me decía que podía colaborar a representar algo infame si, al pronunciarlos, violaba una instintiva delicadeza tan extraña como probablemente nunca haya existido en un aula. Cuando me decía: «¡Ellos han logrado permanecer callados y tú, que los tienes a tu cargo, has caído en la bajeza de hablar!», me sentía enrojecer y me cubría el rostro con las manos. Después de estas escenas secretas, hablaba más que nunca, con suma volubilidad, hasta que sucedía uno de nuestros prodigiosos y palpables silencios –no sé decirlo de otra forma–, un raro y vertiginoso salto o zambullida –¡busco la palabra!– en la quietud, en la detención de toda vida, lo cual nada tenía que ver con el mayor o menor ruido que pudiéramos hacer en aquellos momentos y que era capaz de percibir en medio de una carcajada profunda, de un rápido recitado o de un rasgueo malo y fuerte del piano. Entonces sabía que los otros, los extraños, estaban presentes. Aunque no eran ángeles, «pasaban», como se dice, haciéndome temblar mientras permanecían, con miedo de que dirigiesen a sus jóvenes víctimas un mensaje más infernal o una imagen más vívida de lo que habían considerado suficiente para mí.

Lo que más imposible me resultaba de quitarme de la cabeza era la cruel idea de que, por mucho que yo hubiera visto, Miles y Flora *veían* más: cosas horribles e inimaginables que surgían del seno horrible de sus anteriores relaciones. Naturalmente, cuando acaecían, semejantes cosas producían un escalofrío que negábamos sentir a voces; y con las repeticiones, los tres estábamos tan entrenados que, cada vez, de forma casi automática, señalábamos el final del incidente con los mismísimos movimientos. Era sorprendente que los niños, aun así, me besaran inveteradamente con una especie de brutal incoherencia y nunca omitieran –uno ni otro– la preciosa pregunta que nos había ayudado a salvar muchos peligros: «¿Cuándo cree usted que *vendrá*? ¿Cree que debemos escribirle?» Sabíamos por experiencia que no había nada como este interrogatorio para deshacernos del embarazo. Se referían, por supuesto, a su tío de Harley Street; y vivíamos en tal irrealidad que en cualquier momento hubiera podido llegar a incorporarse a nuestro círculo. Era imposible haber desalentado el entusiasmo menos de lo que él lo había hecho, pero si no hubiéramos contado con aquel recurso para apoyarnos, nos habríamos privado mutuamente de parte de nuestros mejores espectáculos. Nunca les escribía, lo cual tal vez parezca egoísta, pero formaba parte de su aduladora confianza en mí; pues una de las formas de rendir un hombre homenaje a una mujer consiste en consagrarla a las sagradas leyes de su bienestar; y yo sostenía que estaba cumpliendo con el espíritu de la promesa dada de no recurrir a él cuando daba a entender a mis alumnos que sus cartas sólo eran encantadores ejercicios de estilo. Eran demasiado bellas para ser echadas al correo; me las quedaba yo; todavía las tengo todas a estas alturas. De hecho, era una regla que sólo aumentaba el efecto satírico de mi suposición de que en cualquier momento podía estar entre nosotros. Era exactamente como si mis alumnos supieran que eso me enojaba más que casi ninguna otra cosa. Además, cuando miro hacia atrás, me parece que lo más extraordinario de todo es el simple hecho de que, a pesar de mi tensión y de su triunfo, nunca me hicieran perder la paciencia. ¡En verdad debían ser adorables, me digo ahora, para no odiarlos en aquellos días! No obstante, ¿me habría traicionado la desesperación si el alivio se hubiera demorado demasiado? Poco importa, pues llegó el alivio. Lo llamo alivio, aunque sólo fue el alivio que procura una bofetada a la histeria o el estallido de la tormenta a un día sofocante. Por lo menos fue un cambio y llegó como una exhalación.

14

Un domingo por la mañana, yendo hacia la iglesia, llevaba al pequeño Miles a mi lado y su hermana, delante de nosotros y al lado de la señora
Grose, a la vista. Era un día fresco y claro, el primero de esta clase desde hacía cierto tiempo; la
noche había dejado un poco de escarcha y la atmósfera otoñal, brillante y cortante, hacía casi
alegres las campanadas de la iglesia. Fue una curiosa casualidad que en aquel concreto momento
me sorprendiera, de forma muy especial y satis-
factoria, la obediencia de mis pupilos. ¿Por qué
no se quejaban nunca de mi perpetua e inexorable compañía? Una u otra cosa me trajo a las
mientes que llevaba al muchacho pegado a mis
faldas y que, tal como nuestros acompañantes
iban delante, estaba en condiciones de atajar
cualquier peligro de rebelión. Era una especie de

carcelero, con un ojo puesto en las posible sorpresas y fugas. Pero todo eso —me refiero a su magnífica entrega— formaba precisamente parte del especial orden de unos hechos más insondables. Vestido de domingo por el sastre de su tío, hombre de mano hábil y con gusto para las chaquetas bonitas y para la pose de los pequeños aristócratas, Miles llevaba tan estampados en él todos los derechos propios de su sexo y condición que, si de repente hubiese reclamado su libertad, yo no hubiera tenido nada que decir. Curiosamente, estaba reflexionando sobre cómo reaccionaría ante semejante coyuntura, cuando la revolución estalló de modo inequívoco. Lo llamo revolución porque ahora comprendo cómo, con la palabra que dijo, se levantó el telón del último acto de mi pavoroso drama y se precipitó la catástrofe.

—Escuche, querida —dijo con tono encantador—, ¿sabe usted cuándo voy a volver por fin al colegio?

Transcritas aquí, las palabras suenan bastante inofensivas, dado que fueron pronunciadas en el tono dulzón, alto y casual que empleaba con todos sus interlocutores, pero sobre todo con su eterna institutriz, como si estuviera obsequiándola con rosas. Siempre contenían algo que se debía «captar», o bien que yo capté entonces hasta tal punto que me detuve en seco como si algún árbol del parque estuviera caído sobre el sendero. Inmediatamente sucedió algo nuevo entre nosotros y él se daba cabal cuenta de que yo lo reconocía, si bien no por eso tuvo necesidad de mostrarse ni una pizca más cándido y encantador que de costumbre. Me daba cuenta de que él consideraba como ventaja el hecho de que, en un principio, yo no hubiese encontrado nada que contestar. Fui tan lenta en dar con algo que él tuvo sobrado tiempo, al cabo de un instante, para continuar su sonrisa sugerente, pero indeterminada.

–Usted sabe, querida, que para un chico estar *siempre* con una dama...

El «querida» lo tenía constantemente en la boca cuando me hablaba y nada expresaba de modo tan exacto el sentimiento que yo deseaba inspirar a mis alumnos que su cariñosa familiaridad. Así de fácil y respetuoso era.

¡Pero, ay, cómo me hubiera gustado en aquel momento recoger mis propias expresiones! Recuerdo que, para ganar tiempo, intenté reír y me pareció ver en la hermosa faz que él me mostraba cuán fea y rara estaría yo.

–¿Y siempre con la misma dama? –respondí.

Ni retrocedió ni pestañeó. Virtualmente todo había terminado entre nosotros.

–¡Ah, por supuesto que es una dama airosa y «perfecta»! Pero, después de todo, yo soy un chico, ¿no me entiendes?... que, en fin, está creciendo.

Me demoré con él un instante tan agradable como nunca lo había tenido.

–Sí, creces. –Pero, ¡ay!, me sentía desfallecer.

Conservo de aquel día la desalentadora idea de que él parecía saberlo y jugar conmigo.

–Y usted no puede decir que yo no me haya portado perfectamente bien, ¿verdad que no?

Le eché la mano por el hombro, aunque sabía que hubiera sido mejor seguir andando, porque aún no era capaz de andar.

–No, no puedo decir eso, Miles.

–¡Excepto aquella noche, ya sabe!

–¿Aquella noche? –No podía mirarle tan a los ojos como él me miraba a mí.

–La que bajé las escaleras y salí de la casa.

–Ah, sí. Pero se me ha olvidado por qué lo hiciste.

–¿Lo ha olvidado? –dijo con dulce extravagancia o infantil reproche–. ¡pues fue para demostrarle de lo que era capaz!

–Ah, sí, que eras capaz.

–Y puedo volver a hacerlo.

Tenía la sensación de que quizás, después de todo, conseguiría reservarme mis fantasías.

–Claro que sí. Pero no lo volverás a hacer.

–Aquello otra vez, no. Aquello no fue nada.

–No fue nada –dije–. Pero debemos seguir andando.

Prosiguió a mi lado, llevándome del brazo.

–Entonces, ¿cuándo voy a volver?

Al responder adopté mi aire más responsable.

–¿Estabas muy contento en el colegio?

Lo pensó.

—Yo estoy muy contento en todas partes.

—Pues entonces —balbucí—, si estás tan contento aquí...

—¡Ah, pero eso no es todo! Por supuesto, usted sabe muchas cosas...

—Pero tú crees que las sabes casi todas —me arriesgué a decir al mismo tiempo que él se detenía.

—¡Ni la mitad de las que me gustaría saber! —declaró honradamente Miles—. Pero no se trata sólo de eso.

—¿De qué, entonces?

—Bueno... quiero conocer más cosas de la vida.

—Comprendo, comprendo...

Estábamos a la vista de la iglesia y de varias personas, entre ellas varios criados de Bly que iban hacia allí y se arracimaban alrededor de la puerta para vernos entrar. Apresuré el paso; quería llegar antes de que el tema surgido entre nosotros fuera más lejos; reflexionaba, deseándolo, que durante una hora larga Miles permanecería en silencio; y pensaba, complacida, en la relativa oscuridad del reclinatorio y en la ayuda casi espiritual del cojín sobre el que doblaría las rodillas. Tenía la impresión de estar literalmente corriendo una carrera contra la confusión a que él intentaba reducirme, y sentí que lo conseguía cuando, antes de entrar en el atrio, exclamó:

—¡Quiero estar con los que son como yo!

Aquello me hizo dar un salto.

–¡No hay muchos como tú, Miles! –Reí–. A no ser, quizás, la pequeña Flora.

–¿Me está comparando en serio con una niña pequeña?

Aquello me cogió muy especialmente por sorpresa.

–¿Es que no quieres a nuestra dulce Flora?

–Si no la quisiera... ni tampoco a usted... si no la quisiera... –repitió como si retrocediese para tomar carrerilla, dejando la idea tan sin acabar que, una vez traspasada la cancela se hizo inevitable otro alto, que él me impuso apretándome el brazo.

La señora Grose y Flora habían entrado en la iglesia, los demás feligreses las habían seguido y estuvimos un momento solos entre las viejas y grandes tumbas. Nos habíamos detenido en el sendero interior a la cancela, junto a una tumba baja y oblonga como una mesa.

–Sí, ¿si no la quisieras...?

Aguardé mientras él repasaba las tumbas.

–Bueno, ¡usted ya lo sabe! –Pero no se movió y en seguida dijo una cosa que me hizo derrumbarme sobre la lápida, como si súbitamente necesitara descansar–. ¿Piensa mi tío lo mismo que usted?

Tardé bastante en responder.

–¿Cómo sabes tú lo que yo pienso?

–Ah, bueno, claro que no lo sé; me sorprende que nunca me lo diga. Pero me refiero a si él lo sabe.

–Saber, ¿qué, Miles?

–Pues que voy creciendo.

Me di cuenta a tiempo que no debía responder a este interrogatorio de ninguna manera que supusiera un descrédito para mi patrón. Sin embargo, me parecía que todos estábamos bastante sacrificados en Bly para que eso no fuera grave.

–No creo que tu tío se preocupe demasiado de eso.

Ante lo cual, Miles se quedó mirándome.

–Entonces, ¿no cree que se puede hacer algo para que le preocupe?

–¿De qué modo?

–Pues haciéndole venir.

–Pero ¿quién le hará venir?

–¡Yo le haré venir! –dijo el muchacho con extraordinario énfasis. Me echó otra mirada cargada de una extraña expresión y luego entró él solo en la iglesia.

15

La cuestión estaba prácticamente zanjada desde el momento en que yo no le seguí. Era lamentable rendirse a la agitación, pero el ser consciente me daba fuerzas para sobreponerme. Simplemente me quedé sentada sobre la tumba y traté de interpretar en toda su intencionalidad lo que había querido decirme mi joven amigo; y para cuando hube comprendido todo su sentido, también había aceptado, por inhibición, el pretexto de que me avergonzaba dar a mi alumno y al resto de la congregación aquel ejemplo de retraso. Lo que me dije fue, sobre todo, que Miles me había sonsacado y que, para él, la prueba era precisamente este embarazoso desmayo. Me había sonsacado que había algo de lo que estaba muy asustada y que probablemente sería capaz de utilizar mi miedo en su favor para ganar mayor libertad. Mi miedo se refería a tratar el insoportable problema de las razones de su expulsión del colegio, pues eso no erà más que el problema de los horrores que se ocultaban tras la expulsión. Que viniera su tío para hablar conmigo de estas cosas era una solución que, rigurosamente hablando, ahora hubiera debido desear; pero yo era tan incapaz de afrontar la fealdad y lo penoso de todo aquello que me limitaba a darle largas y vivir al día. Para mi profunda confusión, el muchacho tenía razón y estaba en condiciones de decirme: «O bien aclara usted con mi tutor el misterio de la interrupción de mis estudios o bien deja de contar con que lleve con usted una vida tan anormal para un muchacho.» Lo que me resultaba anormal en él era esta súbita revelación de su conciencia del problema y de sus planes.

Eso era lo que realmente me superaba, lo que me impedía entrar en la iglesia. Anduve alrededor de la iglesia, dudando, dándole vueltas al asunto; me decía que, con él, me había molestado más allá de lo reparable. Por tanto, nada podía reparar y apretujarme detrás de él en el reclinatorio suponía un esfuerzo excesivo: estaría mucho más seguro que nunca cuando me cogiera del brazo y me hiciera sentarme durante una hora, en estrecho y silencioso contacto, con su comentario sobre nuestra charla. Desde el primer momento de su llegada quise estar alejada de él. Al detenerme delante del gran ventanal orientado hacia oriente y escuchar el murmullo del culto, sentí un impulso que me hubiera dominado por completo, comprendí, si le concedía la menor beligerancia. Fácilmente podía poner término a mis tribulaciones yéndome de inmediato. Ahí estaba mi oportunidad; nadie me detendría; podía dar por acabado todo el asunto, dar media vuelta y retroceder. Bastaría con volver pronto, para hacer los preparativos, a la casa que estaría prácticamente vacía por estar buena parte de los criados en la iglesia. En resumen, nadie podría reprocharme que escapara a la desesperada. ¿Qué iba a pasar si huía sólo hasta la comida? Serían un par de horas, al cabo de las cuales –tenía el firme convencimiento– mis pequeños alumnos jugarían a hacer inocentes preguntas sobre mi no comparecencia en su grupo.

«¿Qué ha hecho, perversa, malvada? ¿Por qué, para preocuparnos (para ridiculizar nuestros pensamientos, ¿no lo sabe?) nos ha abandonado en la misma puerta?» No podría responder a estas preguntas ni, tal como las harían, a sus pequeños ojos, falsos y adorables. Sin embargo, sería exactamente a eso a lo que tendría que enfrentarme, la perspectiva fue haciéndose más nítida y acabé por irme.

En aquel mismo momento me alejé; salí inmediatamente del patio de la iglesia y, reconcentrada en mis pensamientos, volví sobre mis pasos, atravesando el parque. Me parecía que cuando llegara a la casa estaría decidida a salir huyendo. La quietud dominical, tanto de las cercanías como del interior de la casa, donde no encontré a nadie, me enervaron con la sensación de que aquélla era la oportunidad. Si escapaba de prisa, en estas circunstancias, me iría sin una escena ni una mala palabra. No obstante, la rapidez tendría que ser notable y el principal problema a resolver era el transporte. En el vestíbulo, atormentada por las dificultades y los obstáculos, me recuerdo profundamente postrada al pie de las escaleras, cayéndome súbitamente en el escalón inferior y luego, con repulsión, acordándome que había sido precisamente allí donde, hacía más de un mes, en la oscuridad de la noche y lleno de maldad, había visto al espectro de la más horrible de las mujeres. Ante lo cual, pude enderezarme; ascendí al resto de las escaleras; en mi desasosiego me dirigí a la sala de estudio, donde había objetos personales que debía recoger. Pero al abrir la puerta volví a encontrarme instantáneamente, sin el velo ante los ojos. En presencia de lo que vieron, vacilé, retrocediendo a pesar de mi resistencia.

Sentada en mi propia mesa, a la clara luz del mediodía, una persona que sin las anteriores experiencias hubiera tomado, en un primer vistazo, por una criada que hubiese permanecido en casa para cuidar del lugar y que, aprovechando la ocasión de no ser observada y de la mesa de la sala de estudio, y de mis plumas, tinta y papel, se aplicaba con gran esfuerzo a escribir una carta a su enamorado. Se notaba el esfuerzo en la forma en que las manos, con los brazos apoyados sobre la mesa, sostenían la cabeza con evidente cansancio; pero para cuando tuve esto en cuenta ya era consciente de que, pese a mi intromisión, su actitud persistía de forma harto extraña. Fue entonces cuando, para mí, resplandeció su identidad al modificar la postura. Se levantó, no como si me hubiera oído, sino con la indescriptible y grandiosa melancolía de la indiferencia y el despego, y a menos de doce pies de mí se detuvo mi vil predecesora. Deshonrada y trágica, estaba delante de mí; pero mientras la miraba fijamente e intentaba asegurarme de sus rasgos para recordarlos, la horrorosa figura pasó de largo. Oscura como la media noche dentro de su vestido negro, su desfigurada belleza y su indecible aflicción, me había mirado lo bastante para querer decir que tenía tanto derecho como yo a sentarse en mi mesa como yo a sentarme en la suya. En realidad, mientras duraron estos instantes me recorrió un extraordinario escalofrío al sentir que yo era la intrusa. En violenta protesta contra esto, en realidad dirigiéndome a ella, oí que le gritaba: «¡Mujer terrible y miserable!», que, a través de la puerta abierta, resonó en el largo pasillo y en la casa vacía. Ella me miró como si me oyera, pero yo me había recuperado y el ambiente se iba despejando. Al minuto siguiente no había en la habitación más que la luz del sol y la sensación de que debía quedarme.

16

Había esperado el regreso de mis alumnos con tal seguridad de que sería estruendoso que de nuevo sentí un sobresalto al darme cuenta de que no decían nada sobre mi ausencia. En lugar de denunciarme y reprochármelo alegremente, no mencionaron que les había fallado y tuve tiem po para percatarme de que tampoco ella había dicho nada mientras estudiaba el extravagante rostro de la señora Grose. Lo hice con la intención de asegurarme de que, como fuera, se las habían ingeniado para que guardase silencio; un silencio que, sin embargo, me prometía romper en la primera ocasión a solas. Esa oportunidad se presentó antes del té: conseguí cinco minutos con ella en la portería donde, a la luz del crepúsculo y entre la fragancia del pan recién cocido, con todo limpio y bien ordenado, la encontré sentada delante del fuego con acongojada placidez. Así la veo todavía, así es como mejor la veo: mirando las llamas desde su silla estrecha, en medio del cuarto oscuro y resplandeciente, una imagen clara de lo «arrinconado», de armarios cerrados con llave y de paz sin sobresaltos.

—¡Oh, sí que me pidieron que no dijese nada!; y por darles gusto, mientras estaban delante, claro que se lo prometí. Pero ¿qué le ocurre a usted?

—Sólo fui con ustedes por dar el paseo —dije—. Tenía que volver para encontrarme con una amiga.

Dejó ver su sorpresa.

—¿Usted... con una amiga?

—Oh, sí, tengo mi pareja. —Reí—. Pero ¿le han dado los niños alguna razón?

—¿Para no hacer alusión a la escapada de usted? Sí, dijeron que usted lo preferiría. ¿Lo prefiere usted?

Mi cara le había hecho entristecerse.

—¡No, lo encuentro peor! —Pero al cabo de un instante agregué—: ¿Le han dicho por qué lo preferiría yo?

—No, el señorito Miles sólo dijo: «No debemos hacer sino lo que a ella le gusta.»

—¡Eso me gustaría que hiciera! ¿Y Flora?

—La señorita Flora también estuvo amable. Dijo: «Claro, claro», y lo mismo dije yo.

Pensé un momento.

—Usted también ha sido muy amable. Me los imagino a todos. No obstante, entre Miles y yo todo ha terminado.

–¿Todo ha terminado? –Mi compañera se quedó mirándome–. ¿Qué ha terminado, señorita?

–Todo. Eso no importa. He tomado una decisión. Volví a casa, querida –proseguí–, para conversar con la señorita Jessel.

Para entonces había adquirido ya la costumbre de mantener a la señora Grose en vilo con mis desconcertantes sorpresas; así que ahora, aunque guiñó los ojos ante el aviso de mis palabras, se mantuvo relativamente firme.

–¡A conversar! ¿Quiere usted decir que habla?

–A eso vine. Al llegar la encontré en la sala de estudio.

–¿Y qué dijo? –Aún puedo oír a la buena mujer y ver el candor de su estupefacción.

–¡Que sufría tormento!

Fue esto, en verdad, lo que la hizo abrir la boca mientras se imaginaba mi cuadro.

–¿Quiere decir –tartamudeó– los tormentos de los condenados?

–De los condenados. De los malditos. Y ésa es la razón para compartirlos...

Pero mi compañera, con menos imaginación, prosiguió:

–¿De compartirlos con...?

–Quiere a Flora. –Al decirle esto, bien pudo la señora Grose haberse alejado de mí corriendo, si yo no hubiese estado preparada. Seguí reteniéndola, para demostrarle quién era yo–. No obstante, como ya le he dicho, eso no tiene importancia.

—¿Porque usted ha tomado una decisión? Pero ¿sobre qué?

—Sobre todo.

—¿Y a qué llama usted todo?

—Pues a mandar recado al tío.

—¡Oh, señorita, hágalo, por favor! —exclamó mi amiga.

—¡Pues lo haré, lo haré! No veo otra solución. Lo que ha terminado con Miles es que, si él cree que yo tengo miedo, y está convencido de que eso le beneficia, va a ver que se ha equivocado. Sí, sí; su tío se enterará por mí, aquí mismo y delante del muchacho si hace falta, de lo que se me puede reprochar por no haber hecho nada más para que regrese al colegio...

—Sí, señorita —me apremió mi compañera.

—Bueno, ésa es la terrible razón.

Evidentemente, para mi pobre colega había tantas razones que es excusable su vaguedad.

—Pero... ¿cuál?

—Pues la carta del antiguo colegio.

—¿Se la enseñará al amo?

—Debí enseñársela en cuanto llegó.

—¡Oh, no! —dijo decididamente la señora Grose.

—Le plantearé —proseguí yo inexorable— que no puedo encargarme de resolver el problema de un muchacho que ha sido expulsado...

—¡Nunca hemos tenido la menor idea de por qué! —protestó la señora Grose.

—Por malvado. ¿Por qué otra cosa podría ser... siendo tan inteligente, tan guapo y tan perfecto como es? ¿Es tonto? ¿Es desaseado? ¿Es débil? ¿Es enfermizo? Es exquisito; así que sólo puede ser por eso, y eso descubrirá todo el asunto. Después de todo –dije–, la culpa es de su tío. Si dejaba aquí a esas personas...

–En realidad, él no las conocía. Yo tengo la culpa. –Se había puesto bastante pálida.

–Bueno, usted no debe sufrir –respondí.

–¡Los niños son los que no deben sufrir! –replicó enfáticamente.

Guardé un momento de silencio; nos miramos la una a la otra.

–Entonces, ¿qué voy a decirle?

–No hace falta que usted le diga nada. Yo se lo diré.

Sopesé sus palabras.

–¿Quiere decir que le escribirá? –Recordando que no sabía escribir, me corregí–: ¿Cómo se lo comunicará?

–Se lo diré al mayordomo. El sabe escribir.

Mi pregunta contenía un elemento irónico que yo no había empleado conscientemente, y eso hizo que, un momento después, ella se derrumbara imprevisiblemente. De nuevo tenía lágrimas en los ojos.

–¡Ay, señorita, usted le escribirá!

–Muy bien... Esta noche –respondí al fin; y con esto nos despedimos.

17

Aquella tarde llegué a escribir el comienzo. El tiempo había cambiado, fuera soplaba un fuerte viento y bajo la lámpara de mi cuarto, con Flora tranquila a mi lado, pasé largo rato sentada ante la hoja de papel en blanco, oyendo el repiqueteo de la lluvia y el azote de la ventolera. Al final, salí con una vela; crucé el pasillo y escuché un momento en la puerta de Miles. Dominada por mi persistente obsesión, me sentía impelida a buscar algo que delatara que no estaba descansando, y en seguida percibí algo, pero no lo que yo esperaba. Su voz tintineó:

—Sé que está ahí fuera. Entre.

Fue una alegría en medio de las tinieblas.

Entré con mi luz y lo encontré en la cama, bien despierto, pero muy a sus anchas.

—Bueno, ¿para qué se ha levantado? —preguntó

con graciosa cordialidad, en la que la señora Grose, de haber estado presente, hubiera buscado en vano la prueba de que algo había «terminado».

Me incliné sobre él con mi vela.

—¿Cómo sabías que estaba ahí fuera?

—Pues, claro está, porque la he oído. ¿Es que se imagina que no hace ruido? ¡Es como un escuadrón de caballería! —dijo y se rió alegremente.

—Luego, no dormías.

—¡No mucho! Estaba despierto y pensaba.

Había dejado la vela un momento, a propósito, y entonces me alargó amistosamente la mano y se sentó al borde de la cama.

—¿En qué? —pregunté— estabas pensando?

—¿En qué sino en usted?

—Ay, me siento orgullosa de tu aprecio. Pero de momento, preferiría que durmieras.

—Bueno, también pienso, ya sabe, en ese asunto raro que hay entre nosotros.

Constaté la frialdad de su mano pequeña y firme.

—¿Qué asunto raro, Miles?

—Pues cómo usted me educa. ¡Y todo lo demás!

Casi durante un minuto contuve la respiración e incluso a la luz desvaída de la candela lo vi reírse de mí desde la almohada.

—¿Qué quieres decir con todo lo demás?

—¡Ya lo sabe usted, ya lo sabe!

No pude decir nada durante un minuto, aunque, mientras sujetaba su mano y nuestros ojos seguían encontrándose, sentí que mi silencio era un modo de admitir su acusación y que quizá nada del mundo real era en aquellos momentos tan increíble como nuestra verdadera relación.

–Desde luego que volverás al colegio –dije–, si es eso lo que te preocupa. Pero no al mismo; tendremos que buscar otro, otro mejor. ¿Cómo iba yo a saber que este problema te preocupaba si nunca lo has dicho ni nunca has hablado de nada de eso? –Su cara despejada y atenta, enmarcada en la blancura de la almohada, lo hizo parecer por un momento tan desvalido como un enfermo cabizbajo de un hospital infantil; y conforme se me ocurrió esta comparación, hubiera dado realmente todo cuanto poseía en el mundo por ser la enfermera o la hermanita de la caridad encargada de curarlo. ¡Bueno, quizá pudiera ayudarlo incluso siendo lo que era!–. ¿Sabes que nunca me has dicho una palabra sobre el colegio, me refiero al viejo, que ni siquiera lo has mencionado para nada?

Pareció sorprenderse; sonrió con la misma dulzura. Pero a todas luces ganaba tiempo; esperaba, pedía consejo.

–¿No?

No era yo quien debía ayudarle sino aquello con que me había enfrentado.

Conforme le saqué lo anterior, algo en su tono y en la expresión de su rostro me causó un dolor en mi corazón de una intensidad hasta entonces desconocida; tal afección indescriptible me producía ver su pequeño cerebro desconcertado y sus pequeños recursos obligados a representar, bajo el encantamiento impuesto, un papel inocente y coherente.

–No, nunca desde que regresaste. Nunca has nombrado a ninguno de los profesores ni de los compañeros, ni la más mínima cosa ocurrida en el colegio. Nunca, pequeño Miles, nunca me has hecho ni una sola insinuación sobre nada que haya ocurrido en el colegio. Por lo tanto, ya puedes imaginarte hasta qué punto estoy a oscuras. Hasta tu salida de esta mañana, escasamente has hecho referencia, desde que te conozco, a nada de tu vida anterior. Parecías aceptar absolutamente el presente. –Fue extraordinario ver cómo mi total convencimiento de su secreta precocidad (o como quiera llamarse al veneno de la influencia que sólo me atrevía a aludir), pese al leve latido de su congoja interior, le hacía parecer tan accesible como una persona mayor, lo convertía casi en un igual intelectualmente–. Yo creía que te gustaría seguir como hasta ahora.

Me sorprendió que se ruborizase un poco. De todas formas, lo mismo que un convaleciente algo fatigado, dio un ligero cabezazo.

–No, no. Quiero irme.

–¿Te has cansado de Bly?

–Oh, no, me gusta Bly.

–Pues entonces...

–¡Usted ya sabe lo que quiere un muchacho!

Comprendí que yo no lo sabía tan bien como Miles y recurrí a un subterfugio momentáneo.

—¿Quieres irte con tu tío?

Ante esto, de nuevo se rebulló sobre la almohada, asumiendo un gesto de leve ironía.

—¡No puede librarse de eso!

Callé un momento y ahora fui yo, creo, quien mudó de color.

—Querido, yo no quiero librarme de eso.

—No podría, aunque quisiera. ¡No puede, no puede! —Se tendió con la mirada alegre y fija—. Mi tío debe venir y usted debe arreglar las cosas.

—Si lo hacemos —reemprendí con más ánimos—, puedes estar seguro de que se te llevará muy lejos.

—Bueno. ¿No comprende que es precisamente eso lo que pretendo? Tendrá que contárselo... todo lo que ha callado, tendrá que contarle muchas cosas.

El alborozo con que había hablado me ayudó en aquel momento a enfrentarme con él.

—¿Y cuántas no tendrás que contarle tú, Miles? ¡Hay cosas que él te preguntará!

Se resolvió.

—Es muy probable. Pero ¿qué cosas?

—Las cosas que nunca me has contado a mí. Para poder decidir lo que hacer contigo. No puede devolverte adonde antes...

—¡No quiero volver allí! —intercaló—. Quiero nuevos aires.

Lo dijo con admirable serenidad, con intachable ostentación; y sin duda fue esa nota lo que me evocó la angustia, la anormal tragedia infantil de su posible reaparición al cabo de tres meses con todas sus bravatas y aun con un mayor deshonor. Ahora me sobrecogía que fuera capaz de admitirlo y eso me permitió ceder a mis impulsos. Me arrojé sobre él y, en la ternura de mi piedad, lo abracé.

–Querido pequeño Miles, querido pequeño Miles...

Mi cara se apretaba contra la suya y me permitió besarlo, tomándoselo sencillamente con indulgente buen humor.

–¿Y bien, querida?

–¿No quieres contarme nada..., absolutamente nada?

Se giró un poco, volviendo la cara hacia la pared y levantando la mano para vérsela, como hacen los niños enfermos.

–Ya se lo he contado, se lo he contado esta mañana...

¡Ay, yo estaba triste por él!

–Que sólo quieres que no me preocupe por ti, ¿eh?

Ahora miró a todo mi alrededor, como reconociendo que le había entendido; luego, con mayor amabilidad todavía, replicó:

–Que me deje solo.

Incluso tenía su especial y pequeña dignidad, lo que me hizo soltarlo, aunque, una vez me hube erguido lentamente, me desmoroné a su lado.

Sabe Dios que nunca quise acosarlo, pero tuve la sensación de que entonces el simple hecho de darle la espalda era abandonarlo o, dicho más exactamente, perderlo.

—Acabo de empezar una carta para tu tío —dije.

—Muy bien. ¡Pues acábela!

Aguardé un instante.

—¿Qué pasó antes?

Volvió a escrutarme.

—¿Antes de qué?

—Antes de que volvieras. Y antes de que te fueras.

Estuvo un tiempo en silencio, pero seguía aguantándome la mirada.

—¿Qué pasó?

El sonido de sus palabras, en el que me pareció captar por primera vez una débil vibración de inseguridad, me hizo caer de rodillas junto a la cama y tratar una vez más de poseerlo.

—¡Querido pequeño Miles, querido pequeño Miles, si *supieras* cómo deseo ayudarte! Sólo eso, nada más que eso, y antes de causarte un dolor o hacerte daño, moriría antes de tocarte siquiera un cabello. ¡Mi querido y pequeño Miles —y ahora lo solté, aunque fuese ir demasiado lejos—, sólo quiero que me ayudes a salvarte!

Pero al instante siguiente comprendí que había ido demasiado lejos. La respuesta a mi súplica fue inmediata, pero llegó en forma de una ráfaga y un escalofrío extraños, una corriente de aire helado y un temblor de la habitación tan fuerte que parecía que aquella corriente de viento hubiera derribado el ventanal. El muchacho dio un chillido agudo y fuerte, que en medio de los demás ruidos y aun estando yo tan cerca, tanto podía ser una exclamación de júbilo como de terror. Volví a ponerme en pie, consciente de la oscuridad. Momentáneamente permanecimos así, mientras yo escrutaba a mi alrededor y vi que las cortinas no estaban echadas y la ventana seguía cerrada.

–¡He sido yo quien la ha apagado, querida! –dijo Miles.

18

Al día siguiente, después de las lecciones, la señora Grose encontró un momento para decirme en voz baja:

—¿Ha escrito usted la carta, señorita?

—Sí, la he escrito.

Pero no añadí —de momento— que mi carta, cerrada y con la dirección puesta, seguía en mi bolsillo. Tiempo habría para enviarla antes de que el mensajero fuese a la aldea. En tanto, había transcurrido una semana brillante y ejemplar por parte de mis alumnos. Era como si ambos estuvieran decididos a paliar todas las pequeñas fricciones recientes. Resolvieron los más audaces ejercicios de aritmética, elevándose muy por encima de mis escasos conocimientos, y llevaron a cabo, con mejor humor que nunca, parodias sobre geografía e historia. Fue absolutamente notable, sobre todo en el caso de Miles, que parecía querer demostrar con cuánta facilidad podía sobrepasarme. En mi memoria, este niño realmente pervive en un escenario de belleza y dolor que las palabras no pueden describir; poseía una distinción que se manifestaba en cada uno de sus impulsos; nunca ha existido una criatura tan natural, tan franca e inteligente para los ojos no iniciados, un caballerito más ingenioso y extraordinario. Constantemente tenía que prevenirme contra el arrobo con que me traicionaba su mera contemplación; para dominar la mirada y los suspiros de desánimo con que constantemente, a la vez, asaltaba y renunciaba al enigma de lo que semejante caballerito podía haber hecho que fuera merecedor de castigo. Digamos que por un oscuro prodigio, que yo conocía, se le había despertado la imaginación hacia todo lo malo; pero mi sentido interior de la justicia padecía mientras buscaba la prueba de que eso se hubiera concretado en hechos.

De todas formas, nunca había sido tan caballeroso como cuando, después de la temprana comida de aquel pavoroso día, dio la vuelta alrededor de la mesa hasta donde yo estaba y me preguntó si no me gustaría que tocara para mí durante una hora. Ni David interpretando para Saúl debió demostrar un mayor sentido de la oportunidad. Fue, literalmente, una encantadora demostración de tacto, de magnanimidad, la que se permitió al decirme:

—Los verdaderos caballeros, sobre los que nos gusta leer, nunca se aprovechan demasiado de las ventajas. Ahora sé lo que usted quiere decir: usted quiere decir que, para que la dejen sola y no ser perseguida, dejará de preocuparse por mí y de espiarme, dejará de tenerme a su lado, y me dejará ir y venir por mi cuenta. Pues bien, yo «vengo», ¡pero no me voy! Tiempo habrá de sobra para eso. Verdaderamente estoy encantado con su compañía y sólo quiero demostrarle que sólo he luchado por una cuestión de principios.

Es fácil imaginarse si resistí a esta súplica o si dejé de acompañarle, de la mano, a la sala de estudio. Él se sentó ante el viejo piano y tocó como nunca había tocado; y si hay quienes piensen que mejor hubiera hecho dándole patadas a una pelota, sólo puedo responder que estoy completamente de acuerdo. Pues al cabo de un cierto tiempo durante el cual, bajo su influencia, casi perdí por completo el sentido de la realidad, desperté con la extraña sensación de haberme quedado literalmente dormida en mi sitio. Habíamos terminado de comer, estaba junto al hogar de la sala de estudio y, sin embargo, no me había dormido lo más mínimo: sólo que había hecho algo mucho peor: me había olvidado. ¿Dónde había estado Flora durante aquel tiempo? Cuando se lo pregunté a Miles, él siguió tocando un instante antes de responder, y sólo dijo:

–Pero, querida, ¿cómo voy a saberlo? –estallando en seguida, además, en una alegre carcajada, cual si fuese un acompañamiento vocal, que prolongó con una canción extravagante e incoherente.

Fui derecha a mi dormitorio, pero la hermana no estaba allí; luego, antes de descender a la planta baja, miré en otros varios cuartos. Como no estaba en ninguna parte, seguramente estaría con la señora Grose, a quien, en consecuencia y confortada por la hipótesis, procedí a buscar. La encontré allí mismo donde la había encontrado la tarde anterior, pero replicó a mi rápida demanda con una ignorancia total y amedrentada. Se había limitado a suponer que después de la comida yo me había llevado a los dos niños; a lo que le asistía todo su derecho, pues era la primera vez que había permitido a la pequeña perderse de mi vista sin ninguna precaución. Por supuesto, ahora bien podía estar con las criadas, de manera que lo más urgente era buscarla sin dar muestras de alarma. Así lo convinimos entre ambas; pero diez minutos después, cuando nos reunimos en el vestíbulo según habíamos acordado, fue para dar cuenta por ambas partes de que, realizadas las discretas pesquisas, no habíamos descubierto el menor rastro. Aparte de observarnos, por un instante intercambiamos nuestras mudas miradas de inquietud; yo pude percibir con cuán grande interés me devolvía mi amiga la que yo antes le había transmitido.

—Estará arriba —dijo a continuación—, en algún cuarto que usted no haya mirado.

—No; está lejos. —Había tomado una decisión—. Ha salido.

La señora Grose se quedó mirándome.

—¿Sin sombrero?

Desde luego, también yo miraba al bulto.

—¿No va esa mujer siempre sin sombrero?

—¿Está con *ella*?

—¡Está con *ella*! —afirmé—. Tenemos que encontrarlas.

Tenía la mano en el brazo de mi amiga, pero de momento, ante un planteamiento tal del problema, ella no respondió a mi presión. Por el contrario, en el acto reflexionó con su característica dificultad:

—¿Y dónde está Miles?

—¡Ay, está con Quint! Están en la sala de estudio.

—¡Por Dios, señorita!

Me daba cuenta de que mi aspecto y, supongo, mi tono no habían sido nunca tan seguros y serenos.

—El truco ha dado sus frutos —proseguí—. Han conseguido llevar a cabo su plan. Él dio con el más divino procedimiento para tenerme tranquila mientras ella escapaba.

—¿Procedimiento divino? —repitió la señora Grose desconcertada.

—¡Digamos infernal, pues! —repliqué casi con alegría—. También él se las ha arreglado con esto. ¡Pero vamos!

Ella alzó los ojos tristemente hacia lo alto de la casa.

–¿Lo ha dejado...?

–¿Tanto rato con Quint? Sí, eso no me preocupa ahora.

En esas ocasiones, la señora Grose siempre acababa cogiéndome de la mano y de esa manera pudo ahora retenerme a su lado. Pero luego de suspirar ante mi súbita resignación, me preguntó con vehemencia:

–¿A consecuencia de la carta?

A modo de respuesta, eché rápidamente mano a mi carta, la saqué y la sostuve en alto, y luego, soltándome, fui y la dejé sobre la gran mesa del vestíbulo.

–Luke la cogerá –dije volviéndome. Alcancé la puerta de la calle y la abrí; ya estaba en la escalera.

Mi compañera aún vacilaba: la tormenta de la noche y del amanecer había escampado, pero la tarde era húmeda y gris. Descendí los escalones mientras ella seguía en el umbral.

–¿No se va a poner nada?

–¿Cómo voy a preocuparme de eso mientras la niña no lleva nada? No tengo tiempo para vestirme –grité–; y si usted tiene que vestirse no la esperaré. Busque usted, mientras tanto, arriba.

–¿Estando *ellos*?

Diciendo lo cual la pobre mujer se unió a mí a toda prisa.

19

Fuimos directamente al lago, como lo llamaban en Bly, y me atrevo a decir que lo llamaban, aunque creo que bien podía ser, en realidad, una extensión de agua menos llamativa de lo que resultaba a mis ojos inexpertos. Poco familiarizada estaba con extensiones de agua, y el estanque de Bly, en las pocas ocasiones en que, con la protección de mis alumnos, había consentido en recorrer su superficie en el bote de poco calado fondeado allí para nuestro uso, me había impresionado tanto por su amplitud como por su agitación. El embarcadero habitual estaba a media milla de la casa, pero yo tenía la íntima convicción de que, dondequiera que estuviese Flora, no sería cerca de la casa. Había escapado para una pequeña aventura, y desde el día de la verdadera gran aventura que compartimos junto al estanque, me había fijado durante nuestros paseos en los sitios más de su agrado. Ésta era la razón de que ahora hubiera marcado un rumbo tan preciso a los pasos de la señora Grose, un rumbo al que, cuando se percató, opuso una resistencia que de nuevo demostraba su gran ofuscación.

—¿Se dirige hacia el agua, señorita? ¿Cree usted que se ha caído?

—Puede ser, aunque creo que la profundidad no es muy grande. Pero creo más probable que esté en el sitio desde donde, el otro día, vimos juntas lo que ya le conté a usted.

—¿Cuando simulaba no ver nada?

—¡Con ese asombroso autodominio! Siempre ha estado segura de que le gustaría volver sola. Y hoy su hermano le ha proporcionado la oportunidad.

La señora Grose seguía donde se había detenido.

—¿Cree usted que verdaderamente *hablan* de ellos?

Le respondí con tono confidencial:

—Dicen cosas que, si las oyéramos, sencillamente nos espantarían.

—¿Y si ella está allí?

—Sí, ¿qué?

—¿Entonces está la señorita Jessel?

—Sin la menor duda. Ya lo verá.

—¡Oh, gracias! —gritó mi amiga, plantándose tan firme que, teniéndolo en cuenta, continué sin ella.

Sin embargo, cuando llegué al estanque estaba detrás de mí y muy cerca, y comprendí que, fueran cuales fuesen sus aprensiones sobre lo que podía ocurrirme, el contar con mi compañía le parecía una garantía contra el peligro. Exhaló un suspiro de alivio cuando finalmente llegamos a dominar la mayor parte del agua sin divisar a la niña. No había rastro de Flora cerca de la orilla donde había tenido aquella sobrecogedora experiencia, ni tampoco en la ribera opuesta oculta, salvo una zona de unas treinta yardas, por un espeso matorral que descendía hasta el agua. El estanque, de forma oblonga, era tan estrecho en comparación con la longitud que, no viendo los extremos, podía tomarse por un río de poco caudal. Miramos la extensión vacía y luego advertí una sugerencia en los ojos de mi amiga. Comprendí lo que quería decir y repliqué con un movimiento de cabeza denegatorio.

—¡No, no, espere! Se ha llevado el bote.

Mi compañera se quedó mirando el embarcadero vacío y luego, de nuevo, la otra orilla del lago.

—El que no la veamos es la mejor de las pruebas. Lo ha utilizado para ir adonde sea y luego lo ha escondido.

—¿Ella sola, esa niña?

—No está sola, ni en estos momentos es una niña: es una mujer vieja.

Escudriñé toda la ribera visible mientras la señora Grose, impresionada por los extraños hechos que yo le presentaba, volvió de nuevo a someterse a mi voluntad; luego sugerí que el bote podía estar perfectamente en la pequeña ensenada formada por una de las entradas del estanque, una irregularidad enmascarada, desde este lado, por un saliente de la orilla y un grupo de árboles que nacían muy cerca del agua.

–Pero si el bote está allí, ¿dónde puede estar ella? –preguntó nerviosamente mi colega.

–Eso es exactamente lo que tenemos que averiguar. –Y eché a andar.

–¿Vamos a dar toda la vuelta?

–Sin duda, por lejos que esté. Nos llevará unos diez minutos, pero está lo bastante lejos como para que la niña haya preferido no andar. Ella ha ido en línea recta.

–¡Por Dios! –volvió a gritar mi amiga; la ilación de mi lógica siempre era demasiado para ella.

Ahora la llevaba pegada a los talones y cuando habíamos recorrido la mitad del camino –una operación tortuosa y cansada, sobre un camino muy accidentado y cortado por la frondosidad vegetal– me detuve para permitirle respirar. La sostuve del brazo, agradecida, asegurándole que podía serme de mucha ayuda; y eso nos hizo arrancar de nuevo, de modo que en pocos minutos alcanzamos un punto desde donde descubrimos al bote en el sitio previsto. Estaba tan escondido como era posible y amarrado a una de las estacas de la valla que, allí, descendía hasta la orilla y había servido de ayuda para desembarcar. Tan pronto vi el par de remos cortos y gruesos, perfectamente recogidos, reconocí que, para ser obra de una niña, era una hazaña prodigiosa; pero para entonces ya había visto demasiadas maravillas y había perdido el aliento en presencia de hechos mucho más asombrosos. La valla tenía una puerta, por la que pasamos, y que nos condujo, tras un insignificante intervalo, a un terreno más despejado. Entonces ambas exclamamos al unísono:

—¡Allí está!

A poca distancia, teníamos a Flora ante nosotras, sentada en la hierba y sonriendo como si su hazaña hubiera terminado. Sin embargo, lo siguiente que hizo fue agacharse y arrancar un manojo grande y feo de helechos marchitos, como si aquello fuera el motivo por el que estaba allí. Inmediatamente estuve segura de que acababa de salir del matorral. Nos esperó, sin dar un solo paso, y me llamó la atención la extraña solemnidad con que nos acercamos a ella. Sonreía y sonreía, pero todo sucedía en medio de un ominoso silencio. La señora Grose fue la primera en romper el hechizo: se dejó caer de rodillas, y atrayendo a la niña contra su pecho, ciñó en un largo abrazo el cuerpecito suave y dócil. Mientras duró aquella muda efusión, no pude sino observarlas, lo que hice con mayor atención cuando la cara de Flora me miró por encima del hombro de nuestra compañera. Ahora la cosa era seria; la vacilación había desaparecido; envidié en ese momento, dolorosamente, la sencillez de la relación que la señora Grose podía establecer. Pero durante todo ese rato no ocurrió nada nuevo entre nosotras, salvo que Flora había vuelto a dejar caer al suelo el marchito helecho. Lo que ella y yo nos dijimos virtualmente fue que ahora los pretextos eran inútiles. Cuando al fin la señora Grose se levantó, retuvo la mano de la niña, de modo que seguía teniendo a los dos delante, y la especial reticencia de nuestra comunión quedó aún más marcada en la mirada que me lanzó.

—¡Que me cuelguen —decía— si hablo!

Fue Flora quien, mirándome de arriba abajo con cándido asombro, habló la primera. Estaba sorprendida de que fuéramos con la cabeza descubierta.

—Pero ¿y sus sombreros?

—¿Dónde está el tuyo, querida? —repliqué al instante.

Había reconocido su alegría y pareció tomarse lo dicho como una respuesta suficiente.

—¿Y dónde está Miles? —prosiguió.

Su aplomo tenía algo que casi acabó conmigo: sus cuatro palabras, relampagueando como una hoja desenvainada, fueron la última gota que desbordó la copa rebosante que mis manos habían sostenido en algo durante semanas y semanas, y que ahora, incluso antes de hablar, sentía derramarse como un diluvio.

—Te lo contaré si tú me lo cuentas a mí —me oí decir; luego percibí el temblor que me interrumpía.

—Pero ¿qué quiere que le diga?

La expresión de la señora Grose me impresionó, pero ya era demasiado tarde, por lo que descubrí todo el asunto con la mayor suavidad.

—Pequeña, ¿dónde está la señorita Jessel?

20

Al igual que en el cementerio de la iglesia con Miles, todo el asunto se nos vino encima. Como para mí tenía su importancia el hecho de que aquel nombre nunca hubiera sido pronunciado entre nosotras, la rápida y vengativa mirada con que lo encajó la cara de la niña hizo que mi violación del silencio sonara como la rotura del vidrio de una ventana. Se sumó el grito, como de intentar contener el golpe, que profirió la señora Grose en el mismo instante de mi violencia, un grito de animal asustado, o más bien herido, que a su vez, un segundo después, fue seguido de mi propio suspiro. Cogí el brazo de mi colega.

—¡Está allí, está allí!

La señorita Jessel estaba delante de nosotras en la otra orilla, exactamente igual que la otra vez, y es curioso que recuerde mi primera impresión, un escalofrío de alegría por tener, por fin, una prueba. Estaba allí y yo tenía razón; estaba allí y yo no era cruel ni estaba loca. Estaba allí para la pobre y asustada señora Grose, pero estaba allí, sobre todo, para Flora; y quizá ningún otro momento de aquella monstruosa temporada fue tan extraordinario como aquel en que, consciente, le envié un inarticulado mensaje de gratitud, con la sensación de que, siendo como era un demonio pálido y famélico, lo captaría y lo entendería. Se erguía tiesa en el lugar que mi amiga y yo acabábamos de dejar y en toda aquella aparición no había ni una pulgada en que no brillara su maldad. Aquella primera y vívida impresión duró pocos segundos, durante los cuales interpreté los guiños de la señora Grose hacia donde yo señalaba como la confirmación de que también ella veía al fin, hasta que mis ojos fueron precipitadamente arrastrados hacia la niña. Entonces la revelación de cómo afectaba a Flora, me asustó mucho más de lo que me hubiera sobresaltado descubrirla también simplemente nerviosa, aunque, desde luego, tampoco esperaba una súbita consternación. Preparada y en guardia, como la había puesto nuestra persecución, reprimiría cuanto la traicionara; y por eso me conmovió en seguida, en la primera mirada, por lo inesperado. Verla sin la menor agitación en su carita sonrosada, ni siquiera simulando mirar hacia el prodigio, sino, en lugar de eso, tan sólo mostrándome una expresión seria, dura y serena, una expresión absolutamente nueva y sin precedentes, y que parecía interpretar y acusar y juzgarme, fue una especie de toque mágico que de alguna forma convertía a la propia niña en la mismísima presencia capaz de acobardarme. Me acobardé, aun cuando nunca había sido mayor que en aquel instante mi certeza de comprenderlo absolutamente todo, y ante la inmediata necesidad de defenderme, reclamé vehementemente su testimonio.

—¡Está allí, pequeña desgraciada! ¡Allí, allí, *allí*, y la estás viendo tan bien como yo!

Poco antes había dicho a la señora Grose que en aquellos momentos Flora no era una niña sino una vieja, y esta definición no pudo ser mejor confirmada que por cómo, por toda respuesta, sin la menor concesión ni admisión, me demostró con los ojos un desprecio cada vez más profundo, una verdadera, repentina y absoluta reprobación. En aquel momento —si es que puedo aunarlo todo— estaba más espantada por lo que bien podría llamar sus maneras que por todo lo demás, aunque, al mismo tiempo, me iba dando cuenta de que también la señora Grose iba a darme un motivo de disgusto, y de qué manera. Efectivamente, al momento siguiente, mi compañera, con la cara congestionada y un tono de irritada protesta, me gritó recriminatoriamente:

—¡Qué ocurrencia más espantosa, señorita! ¿Dónde ve usted algo?

Sólo pude agarrarla con mayor fuerza todavía pues mientras hablaba la terrible y clara presencia permaneció impasible. Ya había durado un minuto y duró mientras continué sujetando a mi colega, casi empujándola hacia ella y mostrándosela, insistiendo con la mano extendida:

–¿No la ve usted como nos vemos *nosotras*? ¿Es que no la está viendo ahora..., *ahora mismo*? ¡Es tan grande como una hoguera! ¡Limítese a mirar, buena mujer! ¡Mire!

Ella miraba lo mismo que yo, y con su gruñido degeneratorio, de repulsión, de compasión –una mezcla de piedad y de alivio por estar eximida–, me procuraba la sensación, perceptible incluso en aquel mismo momento, de que me hubiera respaldado de haber podido. Bien me hubiera venido, pues, junto al duro golpe de comprobar que sus ojos estaban sellados sin remedio, sentí que mi situación era terriblemente frágil, sentí –vi– a mi lívida predecesora presionando desde su posición en pro de mi fracaso, y me di cuenta, más que nada, de aquello a lo que tendría que enfrentarse a partir de este instante, gracias a la asombrosa actitud de la pequeña Flora. Entonces intervino la señora Grose, de forma brusca y violenta, haciendo trizas un milagroso triunfo personal, del que ya sólo quedaba mi propio sentimiento de desastre.

–¡No está allí, señorita! ¡Allí no hay nadie y tú nunca has visto nada, mi amor! ¿Cómo podría ser la señorita Jessel si la señorita Jessel murió y está enterrada? *Nosotras* lo sabemos, ¿verdad, mi amor? –Y apelaba a la niña, ofuscándola–. Todo esto es un error, un fastidio y una broma. ¡Y vamos a irnos a casa lo más de prisa que podamos!

Nuestra compañera había respondido con una rara y petulante formalidad, y de nuevo tenía a la señora Grose a sus pies, unidas las dos en una muda oposición contra mí, por así decirlo. Flora seguía mirándome fijamente, con su pequeña máscara acusatoria, e incluso entonces rogué a Dios que me perdonara por apreciar, mientras se agarraba fuerte al vestido de nuestra común amiga, que su incomparable belleza infantil se había repentinamente marchitado, se había desvanecido por completo. Ya lo he dicho antes: se mostraba tal cual era, horrorosamente dura; se había vuelto vulgar y casi fea.

–No sé a qué se refiere. No veo a nadie. No veo nada. Nunca he visto nada. Creo que usted es cruel. ¡No la quiero! –Luego, después de lo dicho, que podría haber salido de la boca de cualquier niña descarada de la calle, se abrazó más estrechamente a la señora Grose y enterró entre sus faldas la aterrorizada carita. En esta posición emitió un lamento casi furioso–. ¡Lléveme de aquí, lléveme lejos! ¡Lléveme lejos de *ella*!

–¿De *mí*? –jadeé.

–¡Lejos de *usted*, de usted! –gritó ella.

Hasta la señora Grose me miró con espanto; de modo que no pude hacer otra cosa que volver a mirar la figura que, en la orilla opuesta, sin un solo movimiento, tan rígidamente inmóvil como si captara nuestras voces, permanecía allí tan vívidamente para presenciar mi ruina que no para mi bien. La desdichada niña había hablado exactamente como si sacara de otra fuente exterior cada una de sus hirientes palabras, y por tanto, en medio de la desesperación ante todo lo que debía aceptar, no pude por menos que cabecear tristemente mirándola.

—Si alguna vez hubiera tenido dudas, ahora mismo habrían desaparecido. He estado viviendo en la miserable verdad, que ahora simplemente me ha superado. Desde luego, te he perdido: he tratado de evitarlo y tú has comprendido, bajo su influencia —con la que de nuevo me enfrentaba por encima del estanque—, la forma fácil y perfecta de resolverlo. Yo he hecho todo lo posible, pero te he perdido. Adiós.

A la señora Grose le dirigí un imperativo y casi furioso «¡Váyase, váyase!», ante el cual, con infinita angustia, pero tácitamente dominada por la niñita y evidentemente convencida, a pesar de su ceguera, de que algo horrible había ocurrido y que nos sumía en una especie de parálisis, retrocedió por el mismo camino por donde habíamos llegado con toda la rapidez que sus piernas le permitían.

No conservo ningún recuerdo de lo acaecido al quedarme sola. Sólo sé que, al cabo de un cuarto de hora, supongo, la olorosa humedad y la tormenta que me provocaban escalofríos y me aguijoneaban en medio de mi malestar, me hicieron comprender que debía haberme tirado boca abajo en el suelo y haber cedido al espasmo del dolor. Debía yacer allí desde hacía rato, llorando y sollozando, pues cuando levanté la cabeza el día comenzaba a declinar. Me puse en pie y contemplé un momento, a la luz del crepúsculo, el estanque gris y su orilla vacía y encantada; luego emprendí el lúgubre y difícil camino de vuelta. Cuando llegué a la puerta de la valla, para mi sorpresa, no estaba el bote, así que de nuevo reflexioné sobre el extraordinario dominio que de la situación había tenido Flora. Ella pasó la noche con la señora Grose, según acuerdo sumamente tácito y debería agregar que feliz, si la palabra no sonara tan grotesca como una nota falsa. No vi a ninguna de las dos a mi regreso, pero, por otra parte, a modo de equívoca compensación, tuve que ver bastante a Miles. Ninguna de las noches pasadas en Bly había sido tan ominosa como ésta; a pesar de lo cual y a pesar también de la honda consternación que se había abierto bajo mis pies, había en la atmósfera del momento una extraordinaria y dulce tristeza. Al llegar a la casa nunca hubiera hecho nada parecido a buscar al muchacho; simplemente me dirigí a mi cuarto para cambiarme y, a simple vista, enterarme del alcance de mi ruptura con Flora. Sus pequeñas pertenencias habían sido retiradas. Cuando, más tarde, la criada de costumbre me sirvió el té junto al hogar de la sala de estudio, me complací en no hacer ninguna averiguación sobre mi otro alumno. Ahora disfrutaba de su libertad. ¡Que la disfrutara hasta el final! Bien que la tuvo, y consistió, al menos en parte, en presentarse a las ocho y sentarse a mi lado en silencio. Al retirar el servicio del té, había apagado las velas de un soplo y había acercado mi sillón al fuego: notaba un frío mortal y tenía la sensación de que nunca iba a calentarme. Por eso, cuando apareció Miles, estaba sentada junto al fuego y absorta en mis pensamientos. Se detuvo un momento en la puerta, como para mirarme; luego, cual si compartiera mis pensamientos, se acercó al otro lado de la chimenea y se hundió en un sillón. Guardamos absoluto silencio; no obstante, tuve la sensación de que él quería estar conmigo.

21

En mi cuarto, antes de que hubiera aclarado el nuevo día, mis ojos se abrieron a la presencia de la señora Grose, que se acercaba a mi cabecera con peores noticias. Flora tenía tanta fiebre que era de prever una enfermedad; había pasado la noche muy inquieta, una noche agitada, sobre todo por miedo no a su antigua institutriz, sino, por el contrario, a la actual. No se quejaba de la posible reaparición en escena de la señorita Jessel, sino consciente y vehementemente contra la mía. Por supuesto, me levanté de inmediato y con muchas preguntas que hacer; tantas más cuanto que, a todas luces, mi amiga se había guardado los flancos para hacerme frente una vez más. De lo cual me di cuenta tan pronto le pregunté su opinión sobre la sinceridad de la niña con respecto a la mía.

—¿Se empeña en negarle que veía algo o que alguna vez lo había visto?

La turbación de mi visitante era verdaderamente mayúscula.

—¡Ay, señorita, yo no puedo insistirle sobre eso! Sin embargo, debo decir que tampoco siento la necesidad de hacerlo. Lo ocurrido la ha hecho envejecer a la pobre.

—La comprendo perfectamente. Está resentida, como si fuera un alto personaje al que se le ha puesto en duda su veracidad y, como si dijéramos, su respetabilidad. ¡La señorita Jessel, *ella* sí! ¡Ella sí es «respetable», la niñata! Le aseguro que la impresión de ayer fue más extraña que nunca; la cosa fue más lejos que las demás veces. ¡Metí la pata! Nunca volverá a hablarme.

Terrible y oscuro como era el asunto, la señora Grose se mantuvo un momento callada; luego dijo con una franqueza que, tuve la seguridad, ocultaba otra cosa:

—Yo también creo, señorita, que no volverá a hablarle. ¡Se lo ha tomado muy a pecho!

—Y ahora, prácticamente, su problema se ha reducido al enfado —concluí yo.

¡Veía el disgusto en el rostro de mi visitante y en ninguna parte más!

—Cada pocos minutos me pregunta si se acerca usted.

—Comprendo, comprendo... —También yo, por mi parte, mantenía calladas más cosas de las que manifestaba—. Aparte de repudiar su familiaridad con algo tan horrible, ¿le ha dicho desde ayer alguna otra palabra sobre la señorita Jessel?

—Ni una, señorita. Y usted ya sabe —añadió mi amiga— que estuve de acuerdo con ella junto al lago en que, por lo menos allí y entonces, no había nadie.

—¡Muy bien! ¡Y por supuesto sigue estando de acuerdo!

—Yo no la contradigo. ¿Qué otra cosa puedo hacer?

—¡Absolutamente nada! ¡Usted tiene que tratar con la personita más inteligente del mundo! Sus dos amigos, quiero decir, los han vuelto todavía más inteligentes de lo que los hizo la naturaleza. ¡Eran un maravilloso material para trabajarlo! Flora se siente ahora ofendida y explotará esa actitud hasta el final.

—Sí, señorita. Pero ¿hasta *qué* final?

—Pues hasta hacer que me dirija a su tío. ¡Me hará quedar como un ser de lo más rastrero!

Pestañeé al contemplar la divertida escena a través de la mirada de la señora Grose: por un instante pareció verlos juntos.

—¡Y él que tiene tan buena opinión de usted!

—¡Pues tiene una forma muy rara, se me ocurre ahora mismo, de demostrarlo! —Me reí—. Pero eso no importa. Por supuesto, lo que quiere Flora es deshacerse de mí.

Mi compañera estuvo de acuerdo.

—No quiere volver a verla nunca más.

—Así que, ¿usted ha venido aquí ahora —pregunté– para apresurar mi marcha? –No obstante, antes de darle tiempo a responder, la contuve–. Tengo una idea mejor, resultado de mis reflexiones. Mi marcha podría *parecer* lo correcto y a punto estuve de irme el domingo. Sin embargo, no me iré. *Usted* es quien debe irse. Debe llevarse a Flora.

Ante lo cual, mi visitante reflexionó.

–Pero ¿adónde?

–Lejos de aquí. Lejos de *ellos*. Ahora, sobre todo, lejos de mí. Directamente a ver a su tío.

–¿Sólo para hablarle de usted?

–¡No, no sólo para eso! Para dejarme, además, con mi remedio.

Seguía desconcertada

–¿Y cuál es su remedio?

–Su lealtad de usted, en primer lugar. Y luego la de Miles.

Me miró con dureza

–¿Cree usted que él...?

–¿Que recurrirá a mí, si se le presenta la oportunidad? Sí, todavía me atrevo a creerlo. En todo caso, lo quiero comprobar. Llévese a la hermana en cuanto pueda y déjeme sola con él. –Estaba asombrada de los ánimos que aún me quedaban y, por lo tanto, quizás un poquitín desconcertada de más por la forma como ella dudaba, a pesar de mi hermoso ejemplo–. Desde luego, hay una cosa –proseguí–, los hermanos no deben verse ni un momento antes de que Flora se vaya. –Entonces me vino a las mientes que, pese al presumible secuestro de Flora desde el regreso del estanque, podría ser demasiado tarde–. ¿O es que –pregunté muy nerviosa– ya se han encontrado?

Ante lo cual enrojeció.

–¡Ay, señorita, no soy tan tonta como para eso! Tres o cuatro veces que me he visto obligada a dejarla, siempre la he dejado con alguna criada, y ahora mismo, aunque está sola, está bien encerrada. Y sin embargo, sin embargo...

Eran demasidas cosas.

–Y sin embargo, ¿qué?

–Bueno, ¿está usted igual de segura con respecto al caballerito?

–Yo no estoy segura de nada, salvo de *usted*. Pero desde anoche tengo una nueva esperanza. Creo que quiere darme una oportunidad. Creo que el pequeño y exquisito desgraciado quiere hablarme. Anoche a la luz del fuego, estuvo conmigo en silencio durante dos horas, como si fuera a ocurrir en cualquier momento.

La señora Grose miró atentamente, por la ventana, el día gris que iba naciendo.

–¿Y ocurrió?

–No, aunque esperé y esperé, confieso que no ocurrió, y finalmente nos despedimos con un beso sin romper el silencio ni hacer la más ligera alusión al estado y a la ausencia de su hermana. Igualmente –continué–, si su tío la ve, yo no puedo permitir que vea al hermano sin haberle dado al muchacho un poco más de tiempo, sobre todo teniendo en cuenta lo mal que han ido las cosas.

En este terreno mi amiga parecía más renuente de lo que me era posible comprender.

—¿Qué quiere decir con más tiempo?

—Bueno, uno o dos días, para realmente aclarar las cosas. Entonces se pondrá de mi lado; ya comprenderá usted lo importante que es eso. Si no ocurre nada, sólo habré fracasado y, en el peor de los casos, usted me ayudará haciendo todo lo posible cuando llegue a la ciudad. —Así se lo planteé, pero se mantuvo tan inescrutable que de nuevo le eché una mano—. A no ser, claro, que usted *no* quiera irse —la desafié.

Al fin pude leer con claridad en su rostro; me alargó la mano a modo de asentimiento.

—Me iré, me iré. Me iré esta misma mañana.

Quería ser muy justa.

—Si usted quiere esperar un poco, tendré cuidado de que Flora no me vea.

—No, no. Es por el sitio. Ella debe irse. —Me observó un momento con sus ojos fatigados, luego prosiguió—: Usted tiene razón, señorita. Yo misma...

—¿Qué?

—No puedo quedarme.

La mirada que me dirigió me hizo aceptar nuevas posibilidades.

—¿Quiere usted decir que a partir de ayer ha comprendido?

Denegó con la cabeza.

—¡He *oído*!

—Por boca de la niña... ¡Cosas horrorosas!

¡Vaya que sí! –se lamentó con trágico alivio–. Por mi honor, señorita, dice unas cosas que...

Pero esta evocación la desmoronó; se dejó caer, con un repentino sollozo, sobre mi sofá y dio rienda suelta a toda su pesadumbre, como ya la había visto hacer antes.

Por mi parte, yo también me dejé llevar de un modo muy distinto.

–¡Gracias a Dios!

Ante lo cual ella se levantó de nuevo, secándose los ojos con un gruñido.

–¿Gracias a Dios?

–¡Eso me justifica!

–¡Eso sí que es verdad, señorita!

No hubiera podido pedir mayor emoción, pero tuve una duda.

–¿Es tan horrible?

Comprendí que mi colega no sabía cómo decirlo.

–Verdaderamente espantoso.

–¿Y sobre mí?

–Sobre usted, señorita... Puesto que debe saberlo... Supera todo, para ser una damita; y no se me ocurre de dónde puede haber sacado esas cosas...

–¿Las espantosas cosas que dice de mí? ¡Pues yo sí que lo sé! –Estallé en una carcajada, sin duda sobradamente significativa.

Eso sólo hizo que mi amiga se pusiera más seria.

–Bueno, quizá también debería saberlo yo, puesto que ya he oído algo antes. Sin embargo, no lo soporto –prosiguió la pobre mujer mientras, con el mismo movimiento, miraba la esfera de mi reloj colocado sobre el tocador–. Pero he de volver.

No obstante, la retuve.

–¡Ah, si usted no puede soportarlo!

–¿Se refiere a estar con ella? Sí, precisamente para eso: para llevarla lejos. Lejos de esto –prosiguió–, lejos de *ellos*...

–¿Se volverá diferente? ¿Se liberará? –La abracé casi con gozo–. Entonces, a pesar de lo ocurrido ayer, usted *cree*...

–¿En semejantes cosas? –Su sencilla manera de nombrarlas no necesitaba mayores precisiones a la luz de su expresión, y me lo dijo como nunca lo había hecho–: Yo sí creo.

Sí, fue una alegría; seguíamos hombro con hombro. Estando segura de eso, poco me importaba lo que pudiera ocurrir. En presencia del desastre, mi punto de apoyo sería el mismo que cuando surgió mi primera necesidad de confiarme; y si mi amiga me respondía honestamente, yo respondería de todo lo demás. No obstante, me sentía acongojada en el momento de separarme de ella.

–Se me ocurre que debo recordarle una cosa. Mi carta en la que daba mi voz de alarma llegará a la ciudad antes que usted.

Ahora percibí aún mejor cómo había estado yéndose por las ramas y lo mucho que eso la había fatigado

–Su carta no llegará. Su carta no ha salido.

–¿Qué ha sido de ella?

–¡Dios lo sabe! El señorito Miles...

–¿Quiere decir que la ha cogido *él*? –tartamudeé.

Titubeó, pero terminó superando la aversión

–Quiero decir que ayer, al regresar con la señorita Flora, vi que no estaba donde usted la había puesto. Más entrada la noche tuve ocasión de preguntar a Luke, quien me confirmó que no la había visto ni tocado. –Ante lo cual, sólo nos cupo intercambiar uno de nuestros mutuos y profundos sobreentendidos, y fue la señora Grose quien primero reaccionó con un aire casi triunfante–. ¡Fíjese!

–Sí, comprendo que Miles la cogiera; probablemente la habrá leído y destruido.

–¿Y sólo comprende eso?

La miré un instante con una triste sonrisa.

–Me llama la atención que a estas alturas tenga usted los ojos incluso más abiertos que yo.

Asi resultó ser de hecho, pero aún se puso ella colorada, casi, para demostrarlo.

–Ahora me explico lo que debió hacer en el colegio. –Hizo un gesto casi cómico para demostrar su desilusión ante mi falta de agudeza–. ¡Robó!

Repensé la idea y traté de ser más juiciosa.

–Bueno, quizá.

Puse cara de encontrarme inesperadamente tranquila.

–¡Robó cartas!

Ella no podía saber los motivos de mi tranquilidad, después de todo, bastante superficial; así que se los expuse como pude.

—¡Espero, entonces, que tuvieran más sentido que en este caso! De todas formas, la nota que dejé ayer sobre la mesa —proseguí— le habrá servido de tan poco, pues sólo contenía la escueta solicitud de una entrevista, que estará avergonzado de haber ido tan lejos por tan poca cosa, y lo que rumiaba anoche debía ser precisamente la necesidad de confesarlo. —Por un momento me pareció comprender la situación, dominarla—. Déjenos, déjenos... —Estaba ya en la puerta, echándola—. Se lo sacaré. Vendrá conmigo y confesará. Si confiesa está salvado. Y si está salvado...

—¿Se habrá salvado usted también? —La buena mujer me besó y se despidió—. ¡Yo la salvaré sin él! —exclamó al irse.

22

Sin embargo, el verdadero tormento vino cuando la señora Grose se hubo ido e inmediatamente la eché de menos. De haber previsto cómo iba a sentirme al estar sola con Miles, comprendí enseguida, todo hubiera ido mejor. En realidad, ninguna hora de mi estancia en Bly fue tan propensa a las aprensiones como aquella en que descendí las escaleras para enterarme de que el carruaje con la señora Grose y mi alumna ya había salido del parque. Ahora, me dije, estaba cara a cara con los elementos, y durante buena parte del resto del día, mientras luchaba contra mi debilidad, llegué a sospechar que había sido sumamente imprudente. El lugar era mucho más hermético de lo que yo suponía; y mucho más cuando, por primera vez, aprecié en el aspecto de los demás un confuso reflejo de la crisis. Lo ocurrido les había despertado la curiosidad; la repentina medida de mi colega era bastante inexplicable, por mucho que quisiéramos explicarla. Criadas y sirvientes estaban desconcertados, lo que me estropeaba los nervios; luego comprendí que era necesario invertir el efecto. En resumen, que precisamente evité el naufragio total empuñando el timón; y me atrevo a decir que aquella mañana me comporté de un modo muy solemne y muy severo. Asumí de buena gana la conciencia de tener mucho que hacer e hice que se supiera, así como que, una vez abandonada a mis propias fuerzas, me sentía especialmente animosa. Durante una o dos horas anduve por todas partes con este estado de ánimo y, no me cabe duda, con el aspecto de estar al borde de un ataque de furia. Sin embargo, debo confesar que iba desfalleciente.

La persona que parecía estar menos preocupada resultó ser, hasta la hora de la comida, el propio pequeño Miles. Mientras tanto, mis pasos por la casa no me habían dado ocasión de ponerle el ojo encima, pero habían colaborado a poner de manifiesto el cambio que se estaba produciendo en nuestas relaciones como consecuencia de que su sesión de piano del día anterior me había retenido, seducido y entontecido, para que Flora escapara. La publicidad, desde luego, de que algo iba mal había comenzado con el encierro y la partida de Flora, y con la inobservancia de nuestro habitual horario de clases. Él ya había desaparecido cuando, al ir a bajar, abrí la puerta de su dormitorio, y abajo me enteré que había desayunado –en presencia de un par de sirvientas– con su hermana y la señora Grose. Luego había salido, según dijo, a dar un paseo; nada expresaba mejor que eso su clara conciencia del brusco cambio de mis funciones. Estaba por determinar qué iba él a permitirme que fueran esas funciones: de todas formas, constituía un extraño alivio, sobre todo para mí, poder renunciar al fingimiento. Entre tantas cosas como salieron a la superficie, poco exagero diciendo que quizá la más sobresaliente fuese acabar con la absurda ficción de que yo tenía algo que enseñarle. Baste decir que, mediante pequeñas argucias tácitas, con las que él protegía mi dignidad aún más que yo, tenía que pedirle que me excusara el esfuerzo de ponerme al nivel de su verdadera capacidad. En cualquier caso, ahora gozaba de su libertad; y yo nunca volvería a restringírsela; sobre todo, además, ya lo había demostrado sobradamente cuando, al reunirse conmigo en la sala de estudio la noche anterior, yo no había formulado una pregunta ni una indirecta sobre el problema dominante del período recién concluido. Desde este momento tenía otras ideas. Sin embargo, cuando finalmente lo tuve en mi presencia, la dificultad de aplicarlas y mi cúmulo de problemas se me evidenciaron ante la hermosa figura del pequeño, en quien lo ocurrido no había dejado la menor sombra.

Para indicar dentro de la casa el tono de elegancia que quería implantar, ordené que nos sirvieran la comida, a mí y al muchacho, en la planta baja, como decíamos; así que había estado esperándolo entre la grave pompa del salón, junto a la ventana por la que había recibido de la señora Grose, el primer domingo de espanto, el vislumbre de algo que difícilmente puede denominarse luz. Allí sentada volví a sentir –pues lo había sentido una y otra vez– cómo mi equilibrio se basaba en el triunfo de mi rígida voluntad, la voluntad de cerrar los ojos con todas mis fuerzas a la verdad de que, aquello de que debía ocuparme, era algo repulsivamente antinatural. La única forma de proseguir era confiando en la «naturaleza» y contando con ella, considerando que mi monstruosa prueba era como una incursión en una dirección desacostumbrada, desde luego, y desagradable, pero que al fin y al cabo sólo exigía otra vuelta de tuerca de la virtud humana normal. No obstante, ningún proyecto requería más tacto que este concreto proyecto de aportar *toda* la naturaleza de mi propio ser. ¿Cómo podría poner un poco de ese tacto para suprimir toda clase de referencias a lo ocurrido? Por otra parte, ¿cómo podría hacer referencia sin lanzarme de nuevo a lo terrible y oscuro? Pues bien, al cabo de un rato se me ocurrió una especie de respuesta, que de momento se vio confirmada al encontrar algo indiscutiblemente raro en un primer repaso de mi pequeño compañero. En realidad, fue como si descubriera ahora —¡y lo había descubierto tantas veces en las lecciones!— otra delicada forma de facilitarme las cosas. ¿No había una cierta luz en la constatación, que surgió con un especial brillo todavía no completamente apagado mientras compartimos nuestra soledad, en la constatación de que (aprovechando la oportunidad, la preciosa oportunidad que ahora se presentaba) sería estúpido, tratándose de un niño tan bien dotado, renunciar a la ayuda que podía prestar su gran inteligencia? ¿Para qué le había sido dada esa inteligencia sino para salvarse? ¿No podría uno, con objeto de llegar a su entendimiento, arriesgarse a tender el brazo hacia su espíritu? Fue como si, cuando estábamos cara a cara en el comedor, me hubiera enseñado el camino. Sobre la mesa estaba el cordero asado y yo lo había troceado con meticulosidad. Miles, antes de sentarse, permaneció un momento con las manos en los bolsillos, mirando la carne, sobre la que parecía estar a punto de hacer algún comentario sarcástico. Pero lo que en seguida dijo fue:

—Escuche, querida, ¿está verdaderamente muy enferma?

—¿La pequeña Flora? No está muy mal, y mejorará en seguida. Londres le hará recuperarse. Bly ya no le convenía. Ven aquí y come tu cordero.

Me obedeció presto, llevándose el plato a su sitio con cuidado y, una vez sentado, prosiguió:

—¿Ha dejado de sentarle bien Bly de repente?

—No tan de repente como tú crees. Hay quien lo ha visto venir.

—Entonces, ¿por qué no la envió fuera antes?

—¿Antes de qué?

—Antes de que estuviera demasiado enferma para viajar.

Me sentí inspirada, animosa.

—No está demasiado enferma para viajar; se hubiera puesto de quedarse. Era el momento indicado para tomar medidas. El viaje disipará las malas influencias —¡estaba sublime!— y las hará desaparecer.

—Ya entiendo, ya entiendo.

Miles también estuvo sublime. Se puso a comer con sus encantadoras «maneras de mesa» que me habían eximido de toda amonestación desde el día de mi llegada. Cualquiera que hubiese sido la razón de su expulsión del colegio, no había sido por comer mal. Hoy estuvo tan irreprochable como siempre, pero inequívocamente más meticuloso. Se veía que trataba de dar por supuestas más cosas de las que encontraba fáciles sin ninguna ayuda; y se sumió en un apacible silencio al hacerse cargo de la situación. Nuestra comida fue muy breve —la mía, un puro simulacro— e inmediatamente hice que retiraran el servicio. Mientras lo hacían, Miles volvió a quedarse de pie, con las manos en sus pequeños bolsillos y dándome la espalda, y estuvo mirando por la misma y amplia ventana por la que, aquel día había yo visto algo que me sobrecogió. Estuvimos en silencio mientras nos acompañó la criada; tan silenciosos, tuve la ocurrencia de pensar, como si fuéramos una joven pareja en viaje de bodas que, en el hotel, se siente avergonzada ante la presencia del camarero. Él no se dio la vuelta hasta haberse ido la criada.

–Bueno, ¡al fin solos!

23

–Más o menos. –Me imagino que mi sonrisa fue minúscula–. No del todo. ¡Eso no nos gustaría! –agregué.

–No, supongo que no. Por supuesto, están los otros.

–Están los otros, claro que están los otros –convine.

–Sin embargo, aunque estén –prosiguió él, todavía con las manos en los bolsillos y plantado delante de mí–, no importan mucho, ¿no es verdad?

Hice todo lo posible por evitarlo, pero me sentí palidecer.

–Depende de lo que se entienda por mucho.

–Sí, todo depende –dijo conciliador.

No obstante, volvió a ponerse de cara a la ventana, y a continuación se aproximó con su paso inquieto, dubitativo y meditabundo. Estuvo un rato asomado, con la frente contra el cristal, contemplando los absurdos arbustos que yo conocía y la melancolía de noviembre. Siempre he dispuesto del recurso de las «labores de punto», con las cuales gané ahora el sofá. Instalándome allí con las labores, como reiteradamente había hecho en los momentos tormentosos que he descrito, momentos en que sabía que los niños se entregaban a algo que me estaba vedado, obedecía a mi costumbre de estar preparada para lo peor. Pero una sensación fuera de lo normal creció en mí mientras hallaba un significado en la encogida espalda del muchacho, precisamente la sensación de ahora no me excluía. Esta idea se intensificó en los siguientes minutos y me llevó a la inmediata deducción de que quien estaba excluido era *él*. Los marcos y los paneles del gran ventanal eran, para él, una especie de imagen del fracaso. Tuve la sensación de verlo encerrado, bien fuera o bien dentro. Era admirable, pero no estaba cómodo. Lo interpreté como un brote de esperanza. ¿No estaba buscando, a través de los paneles encantados, algo que no podía ver? ¿Y no era la primera vez, en todo aquel tiempo, que caía en semejante error? La primera vez, la primerísima: me pareció un maravilloso augurio. Aunque controlaba sus reacciones, aquello parecía ponerlo nervioso; había estado todo el día nervioso, y si bien se sentó a la mesa con su habitual delicadeza de modales, necesitó todo su pequeño talento para disimularlo. Cuando al fin se dio la vuelta para hacerme frente, era como si su talento hubiese desaparecido.

–Bueno, ¡creo que estoy contento de que a mí sí me convenga Bly!

–Al parecer, has visto más en estas veinticuatro horas que en todo el tiempo anterior. Espero –proseguí con valentía– que te hayas divertido.

–Oh, sí, nunca había ido tan lejos; por todos los alrededores, a millas y millas de distancia. Nunca había sido tan libre.

Tenía unos modales muy suyos y a mí no me quedaba más remedio que tratar de seguirlo.

–Bien, ¿te gusta?

Él estaba de pie, sonriendo; luego, al fin, en tres palabras:

–¿Y a *usted*? –puso más énfasis del que yo nunca hubiera creído posible en tres palabras. No obstante, antes de darme tiempo a responder, continuó como si tuviera la sensación de que era una impertinencia y debía retractarse–: No puede haber nada más encantador que la forma como usted se lo toma, pues, desde luego, si ahora estamos juntos y solos, usted es quien está más sola. De todos modos –apostilló–, espero que no le importe demasiado.

–¿Tener que estar contigo? –pregunté–. Querido niño, ¿cómo podría importarme? Aunque he renunciado al derecho de tu compañía (tan por encima de mí estás), al menos la disfruto inmensamente. ¿Para qué otra cosa iba a quedarme?

Me miró más abiertamente y ahora la expresión de su rostro me sorprendió como la más bella que le había conocido.

—¿Se queda sólo por eso?

—Sin duda. Me quedo como amiga tuya y debido al tremendo interés que tengo por que estés lo mejor posible, al menos en lo que esté en mis manos. Eso no te debe sorprender. —Me temblaba la voz, de tal forma que me era imposible disimular la agitación—. ¿No te acuerdas de lo que te dije, cuando fui a sentarme a tu cabecera aquella noche de tormenta, de que no hay nada en el mundo que no hiciera yo por ti?

—¡Sí, sí! —Por su parte, se le notaba cada vez más nervioso y tenía que controlar la entonación; pero lo conseguía mucho mejor que yo, riéndose en medio de la seriedad, simulando que bromeábamos alegremente—. ¡Sólo que me parece que lo dijo para que yo hiciera algo por usted!

—En parte fue para que hicieras algo por mí —concedí—. Pero tú sabes que no lo has hecho.

—Ah, sí —dijo con la más brillante y superficial vehemencia—. Usted quería que le dijera algo.

—Eso es. Que me dijeras francamente lo que estabas pensando, ya lo sabes.

—Entonces, ¿se ha quedado por eso?

Hablaba con una alegría en que captaba un hálito de resentimiento; pero no sé explicar el afecto que me causaba aquel débil inicio de rendición. Era como si, para mi propio asombro, al fin se presentase aquello por lo que suspiraba.

—Bueno, sí, voy a confesarlo. Me he quedado precisamente para eso.

Dejó transcurrir tanto tiempo que supuse que lo hacía con el propósito de repudiar los motivos de mi conducta; pero lo que por último dijo fue:

—¿Quiere decir ahora y aquí?

—No hay mejor sitio ni mejor momento.

Él miró a su alrededor, incómodo, y yo tuve la rara —o excéntrica— sensación de que era el primer síntoma que le había descubierto de la proximidad del miedo. Era como si de repente me tuviese miedo, lo que en realidad me sorprendió, pareciéndome lo mejor que le podía ocurrir. Sin embargo, con la tensión del esfuerzo, sentí que sería inútil tratar de ser dura, y al instante siguiente me oí diciendo, con tanta suavidad que debía resultar grotesca:

—¿Quieres, pues, volver a salir a pasear?

—¡Muchísimo!

Me sonreía heroicamente y este conmovedor valor infantil quedaba engrandecido por su auténtico rubor. Recogió el sombrero, con el que había entrado en el comedor, y le daba vueltas de una forma que, aun estando a punto de alcanzar mi meta, me despertaba un perverso horror por lo que yo misma estaba haciendo. Era por lo menos una acto de violencia, pues ¿en qué consistía si no en la intromisión de la idea de obscenidad y culpabilidad en una criatura pequeña e indefensa que había supuesto para mí la revelación de las posibilidades de una hermosa relación personal? ¿No era algo vil crear en un ser tan exquisito una desazón que le era ajena? Supongo que ahora interpreto nuestra situación con una claridad inexistente en aquellos momentos, pero me parece ver nuestros pobres ojos reluciendo con un destello premonitorio de la angustia que luego viviríamos. Así que dimos vueltas, uno alrededor del otro, con terrores y escrúpulos, como luchadores que no se atreven a acercarse. ¡Pero por quien temía cada uno de nosotros era por el otro! Eso prolongó otro rato el silencio y retrasó los golpes.

–Se lo contaré todo –dijo Miles–. Quiero decir que le contaré lo que usted quiera. Usted se quedará conmigo y los dos estaremos muy bien y yo se lo *contaré*, se lo *contaré*. Pero ahora, no.

–¿Por qué no ahora?

Mi insistencia le hizo darme la espalda y lo retuvo de nuevo junto al ventanal, en un silencio en el que se hubiera oído la caída de una pluma. Luego, otra vez, volvió delante de mí, con el aire de la persona que espera en otro sitio a alguien que merece su consideración.

–Tengo que ver a Luke.

Hasta entonces nunca le había obligado a decir una mentira tan zafia y, consecuentemente, me sentí avergonzada. Pero, aun siendo sus mentiras horribles, no hacían sino confiarme en mi verdad. Pensativa, hice unos cuantos puntos de mi labor.

–Bueno, vete con Luke y yo te esperaré para lo que me has prometido. A cambio, antes de irte, dame una mínima satisfacción.

Tenía la impresión de creer que había salido ganando con nuestro pacto.

–¿Muy, muy pequeña?

–Sí, poca cosa. Dime –¡estaba concentrada en la labor e improvisando!– si ayer por la tarde cogiste mi carta de la mesa del vestíbulo.

24

Como consecuencia de algo que sólo puedo describir como una feroz interrupción de la sensibilidad –un golpe que en un primer momento, al ponerme en pie de un salto, me redujo al ciego impulso de agarrarlo, atrayéndolo contra mí y manteniéndolo instintivamente de espaldas a la ventana, mientras buscaba apoyo en el mueble más cercano–, no pude advertir durante unos instantes el efecto que lo dicho tuvo sobre Miles. Teníamos ante nosotros la misma aparición de la que yo había tenido ya que enfrentarme en aquel sitio: Peter Quint había surgido ante mi vista como un centinela en la puerta de una prisión. Lo siguiente que vi fue que se acercaba a la ventana por fuera y luego que cerca del cristal y brillando a través, ofrecía una vez más a la sala su lívido rostro de condenado. Decir que en un segundo tomé una decisión es un resumen muy burdo de lo acaecido en mi interior; no obstante, no creo que ninguna mujer hasta tal punto sobrecogida hubiera recuperado antes su capacidad de respuesta. En medio del horror de aquella inmediata presencia, se me ocurrió que la respuesta debía consistir en, viendo y encarando lo que yo veía y encaraba, conseguir que el muchacho no se diera cuenta. La inspiración –no encuentro otra forma de decirlo– consistió en comprender que tenía voluntad y fuerzas para *hacerlo*. Era como luchar contra un demonio por un alma humana; y cuando lo hube sopesado bien vi que aquella alma humana –en mis brazos y entre el temblor de mis manos– tenía un perfecto rocío de sudor sobre su adorable frente infantil. El rostro que tan cerca estaba del mío era tan blanco como el rostro pegado al cristal, y de él surgió en seguida un sonido, no bajo ni débil, sino como si procediera de mucho más lejos, que yo sorbí como una fragante ráfaga.

–Sí, yo la cogí.

Ante esto, con un gemido de placer, lo abracé y lo acerqué contra mí, y mientras lo apretaba contra mi pecho, donde sentía el tremendo pulso de su corazón mezclado con la repentina fiebre de su cuerpecito, mantuve los ojos sobre lo que había en la ventana y lo vi moverse y variar de postura. Lo he comparado con un centinela, pero su momentánea y lenta rotación fue por un instante muy similar al acecho de una fiera. Mi valor era tal que lo sentí surgir de mí como una llama. En tanto, de nuevo surgió en la ventana el rostro vidrioso, el canalla, que miraba fijamente como si vigilara y esperase. La misma seguridad de que ahora estaba en condiciones de desafiarlo, así como la positiva certeza, hasta entonces, de que el niño no se había dado cuenta, me hicieron proseguir:

—¿Por qué la cogiste?

—Para ver lo que usted decía de mí.

—¿Has abierto la carta?

—Sí, la he abierto.

Ahora mis ojos estaban sobre la cara de Miles, mientras lo alejaba un poco, y la desaparición de la mueca burlona me demostró cuán total era su inquietud. Lo asombroso era que, por fin, gracias a mi triunfo, sus sentidos estaban sellados y la extraña comunicación había cesado: sabía que estaba en presencia de algo, pero no sabía de qué, y aún menos sospechaba que yo lo sabía. ¡Y cómo me emocionó este esfuerzo cuando al devolver la mirada a la ventana sólo vi que el aire estaba limpio de nuevo y que, gracias a mi triunfo personal, la presencia se había desvanecido! Allí no había nada. Sentí que yo era la causa de la desaparición y que era evidente que lo conseguiría todo.

—¡Y no encontraste nada! —exclamé jubilosa.

Miles sacudió tristemente la cabeza.

—Nada.

—¡Nada de nada! —casi grité de alegría.

—Nada de nada —repitió él entristecido.

Le besé en la frente; la tenía húmeda.

—¿Qué has hecho luego con la carta?

—La he quemado.

—¿La has quemado? —Ahora o nunca—. ¿Es eso lo que hiciste en el colegio?

¡Ay, lo que había provocado!

—¿En el colegio?

—¿Cogías cartas u otras cosas?

—¿Otras cosas? —Ahora parecía pensar en algo lejano y que sólo recordaba gracias a la opresión del nerviosismo. Pero lo logró—. ¿Si robaba?

Sentí enrojecer hasta las mismas raíces del cabello mientras me preguntaba si lo más extraño era hacer semejante pregunta a un caballero o si lo más extraño era ver aceptarla con una naturalidad que indicaba la profundidad en que había caído.

—¿Por eso no podías volver?

Sólo manifestó una pequeña y sombría sorpresa.

—¿Usted sabe que no puedo volver?

—Lo sé todo.

Me echó una larga y extraña mirada.

—¿Todo?

—Todo. De modo que, ¿has...? —Pero no tuve fuerzas para repetirlo.

Miles sí, con gran sencillez.

—No, no he robado.

Mi cara debió demostrarle que lo creía a pies juntillas; no obstante, mis manos lo bambolearon –pero fue de pura ternura– como preguntándole por qué, si no era nada, me había condenado a aquellos meses de tormento.

–¿Qué hiciste, pues?

Con una vaga expresión dolorida, miró en torno a la parte alta del salón y respiró dos o tres veces, como si tuviera cierta dificultad. Podía haber estado en el fondo del mar y haber levantado los ojos hacia la leve luz verde del anochecer.

–Bueno, dije cosas.

–¿Sólo eso?

–¡Les pareció suficiente!

–¿Te echaron por eso?

Verdaderamente, nunca un «expulsado» se había molestado tan poco para justificarse como aquella personilla. Parecía sopesar mi pregunta, pero de una forma distante y casi desmañada.

–Bueno, supongo que no debí hacerlo.

–Pero ¿a quién se lo dijiste?

Era evidente que intentaba recordar, pero se perdía; lo había olvidado.

–No lo sé.

Casi me sonreía en medio de la desolación de su derrota, que a estas alturas era prácticamente tan completa que yo hubiera debido dejar así las cosas. Pero estaba envalentonada, me cegaba el sentimiento victorioso, aunque para entonces el efecto que tanto lo había acercado iba produciendo ya una creciente separación.

–¿Lo dijiste a todo el mundo? –le pregunté.

–No, sólo a... –Pero volvió a sacudir tristemente la cabeza–. No me acuerdo de los nombres.

–¿Eran muchos?

–No, unos cuantos. Los que me gustaban.

¿Los que le gustaban? Me pareció estar flotando en algo más oscuro que la oscuridad y al cabo de un instante mi propia piedad me había despertado al espantoso temor de que quizás fuera inocente. Aquella idea me confundió y turbó, pero si *él* era inocente, ¿qué era *yo* entonces? Paralizada, mientras se prolongó, por el mero roce de la pregunta, dejé que se alejara un poco, de modo que, con un hondo suspiro, de nuevo me volvió la cara: y cuando le vi mirar la ventana con amargura, sufrí al pensar que ahora no había forma de apartarlo de allí.

–¿Y ellos repitieron lo que tú les dijiste? –proseguí al cabo de un momento.

En seguida estaba a cierta distancia de mí, respirando hondo y de nuevo con el aspecto, aunque sin rabia, de estar confinado contra su voluntad. Una vez más, lo mismo que había hecho antes, levantó los ojos hacia el día gris, como si de lo que le había sostenido hasta entonces no quedara más que una indecible ansiedad.

–Oh, sí –replicó sin embargo–, debieron repetirlo. A quienes les gustaban.

De cualquier modo, era mucho menos de lo que yo me esperaba; pero insistí:

–¿Y esas cosas llegaron a oídos de...?

–¿Los profesores? ¡Sí! –respondió con suma

sencillez–. Pero yo no sabía que ellos lo contaban.

–¿Los profesores? No, nunca han dicho nada. Por eso mismo te estoy preguntando.

Volvió hacia mí su hermosa carita enfebrecida.

–Sí, eran cosas demasiado malas.

–¿Demasiado malas?

–Las cosas que me imagino que dijo algunas veces. ¡Para escribir a casa!

No sé cómo concretar el exquisito y contradictorio patetismo que semejante orador aportaba a semejante discurso: sólo sé que al instante siguiente me oí gritando:

–¡Niñerías y necedades! –Pero al otro debí resultar más austera–. ¿Qué cosas eran ésas?

Toda mi dureza iba dirigida a su juez, a su verdugo; no obstante, le hizo apartarse de nuevo, y ese movimiento me hizo saltar tras él con un único brinco y un grito incontenible. Pues allí estaba de nuevo, contra el cristal, como si pretendiera emponzoñar la confesión y evitar su respuesta, allí estaba el pavoroso autor de nuestra aflicción, el lívido rostro de la condenación. Sentí un mareo al ver derrumbarse mi victoria y todo el provecho de mi batalla, de tal modo que la furia de mi auténtico salto sólo fue una especie de gran traición. En medio de mi acción, vi a Miles tratando de adivinar, y al darme cuenta de que, incluso ahora, sólo sospechaba y de que tenía la ventana delante de sus ojos, pero vacía, dejé que mi impulso creciera hasta convertir la crisis de su derrota en la misma prueba de su liberación.

—¡Basta, basta, basta! —grité al visitante, a la vez que estrujaba a Miles contra mí.

—¿Está ella *aquí*? —jadeó Miles al captar con sus ojos sellados el sentido de mis palabras. Luego, dado que su extraño «ella» me había desconcertado y yo repetía sus palabras, me respondió con repentina furia—: ¡La señorita Jessel, la señorita Jessel!

Estupefacta, comprendí su suposición, una especie de secuela de lo ocurrido con Flora, pero eso me dio ganas de demostrarle que era algo más.

—¡No es la señorita Jessel! Pero está en la ventana, exactamente frente a nosotros. ¡Ese desalmado está *ahí* por última vez!

Ante esto, al cabo de un segundo en el que su cabeza hizo los mismos movimientos que un perro rastreando una pista, seguidos de un frenético aspaviento en busca de aire y de luz, se colocó delante de mí, lívido de rabia, enfurecido, con la mirada perdida y en blanco, aunque ahora yo sentía que la enorme y sobrecogedora presencia llenaba el lugar como el aroma de un veneno.

—¿Es *él*?

Estaba tan decidida a llevar mi prueba hasta el final que me volví de hielo para desafiarlo.

—¿A quién te refieres?

—¡A Peter Quint, malvada! —De nuevo recorrió con la vista toda la sala y pronunció una convulsiva súplica—: *¿Dónde?*

Todavía sigo oyendo su tributo a mi dedicación, su suprema rendición al pronunciar el nombre.

–¿Qué importa eso ahora, mi amor? ¿Qué va a importar *nunca*? Te tengo a ti –le espeté a la bestia–, pero él te ha perdido para siempre. –Luego, para coronar mi obra, le dije a Miles–: ¡Allí, *allí*!

Pero él se había dado la vuelta de golpe y miraba fijamente, congestionado de nuevo, sin ver otra cosa que el día apacible. Con la sorpresa de aquella ausencia, de la que tan orgullosa estaba yo, Miles dio un grito de criatura arrojada al abismo, y el manotazo con que lo recuperé bien pudo ser la forma de atraparlo a mitad de la caída. Lo cogí, sí, lo sujeté, es fácil imaginar con cuánta pasión; pero al cabo de un minuto empecé a percatarme de lo que realmente tenía entre mis brazos. Estábamos solos, el día era apacible y su pequeño corazón, desposeído, había dejado de latir.

Epílogo

Otra vuelta de tuerca ocupa un lugar de excepción en el canon narrativo de Henry James. Junto con *Daisy Miller* (1878) y *Retrato de una dama* (1881), se ha confirmado como la más popular de sus obras frente al paso del tiempo. La prosa, no obstante, es la del intrincado estilo posterior de James, y la narración tiene el aire de un experimento controlado. La historia suscita una cuestión que pertenece al terreno de la metafísica y la moral: ¿hasta qué punto puede disociarse nuestro conocimiento de la realidad de la psicología de la persona en la que confiamos, para realizar una descripción fidedigna? Para complicar el asunto, la historia se presenta desde un tiempo muy posterior, a la manera de novelas históricas como las de Walter Scott o relatos personales como *Robinson Crusoe* (1719). Nos llega como un secreto, oculto durante largo tiempo, pero confiado a un conocido de la narradora unos cuarenta años atrás, el cual, a su vez, lo lee en voz alta a un grupo de amigos la noche siguiente a Navidad. En cuanto a la narradora en sí, no llegamos a saber su nombre y apenas se la describe; se desvanece tras las palabras del relato. Sabemos que era la hija pequeña de un párroco rural; que estaba muy unida al hombre, diez años mayor que ella, al que confió el manuscrito; que había quedado «fascinada» (p. 22) de inmediato por el amo de la casa que albergaba aquel secreto, tío y guardián de los niños, a los que había acogido en Bly tras la muerte de sus padres en la India. El caballero se tomó la relación más fríamente. La contrató para que se ocupara de la educación de los niños, le dio las gracias con un apretón de manos y le pidió que no lo molestara en ningún momento para consultarle aspecto alguno de su tarea.

Las líneas generales de la historia se resumen fácilmente. El chico que le han encomendado, Miles, ha sido expulsado del colegio por motivos que no se explican en la carta escueta y cortante enviada por el director. La institutriz, que ha experimentado premoniciones antes, ve fantasmas rondando por la casa poco después del regreso del chico. Se convence de que representan una amenaza para los pequeños y se impone la misión de expurgar la casa y liberar a los niños. Los fantasmas tienen identidad. Son las apariciones de Peter Quint, ayuda de cámara del amo en Bly, un hombre de encanto considerable pero con unas tendencias brutales e inconstantes, que murió violentamente en oscuras circunstancias;

y de la señorita Jessel, la anterior institutriz, que había tolerado una aventura sexual con Quint y había muerto poco después por causas desconocidas. La institutriz averigua la identidad de Quint después de ver una figura espectral en una torre de la casa. Es el ama de llaves, la señora Grose, quien estima que la figura encaja exactamente con la descripción de Quint. La institutriz es capaz de aportar detalles de su aspecto que no podría haber sabido por otros medios. (Los detalles y la identificación de la señorita Jessel vienen más adelante y son más vagos, pero está asimismo más allá de sus posibilidades haberlos conocido por los canales normales.) Entretanto, el trabajo de la institutriz consiste en cuidar de los pequeños, Miles y Flora. Sin embargo, los movimientos de éstos por la casa y la finca, no siempre explicables, y su carácter ocasionalmente intratable despiertan en ella la sospecha de que los fantasmas quieren ejercer sobre los niños un poder mayor que el suyo propio. Esta deducción pronto la convertirá en una teoría sobre la influencia moral de los fantasmas. La institutriz llega a la conclusión de que el propósito de su retorno a Bly es el de atraer a los niños al infierno para que compartan sus tormentos. Tal hipótesis va irracionalmente en contra de sus descripciones de los niños como seres inocentes y hermosos, hechos para ser amados. Pero la negativa de ambos a reconocer una presencia sobrenatural –una negativa en un primer momento tácita y más tarde manifiesta, tanto de Flora como de Miles– hace cristalizar los miedos de la institutriz. Ésta manda a la señora Grose que se lleve a Flora de Bly para quedarse sola en la casa con Miles y arrancarle una confesión sobre la verdad de sus contactos con el fantasma de Peter Quint. Miles le dice que no sabe a qué se refiere. Ella le exige explicaciones sobre su expulsión del colegio, y Miles, con respecto a los motivos, le cuenta entonces un relato racional aunque turbador. En la escena final de la obra, la institutriz se aterroriza al ver a Quint una vez más, y decide luchar contra el fantasma por la posesión del alma de Miles. La mujer fuerza al niño a enfrentarse con la imagen que ella ve y lo obliga a reconocer en tal imagen al fantasma, y Miles, volviendo la cabeza de un lado a otro para mirarla a ella o para mirar hacia la ventana donde ha aparecido la figura, muere en sus brazos. Si lo que provocó esa impresión fatal fue un encuentro declarado con el fantasma o, por el contrario, un súbito terror generado por la poderosa sugestión de la institutriz, es algo que queda más en el aire de lo que haya quedado nunca el final de un relato.

Las discusiones en torno a la naturaleza de la trama se han venido centrando en si los fantasmas tienen una base real o fantástica, o en si es una actitud de control posesivo o de virtud heroica la que se apodera de la institutriz y la impulsa a dominar a los otros. Debido a la inevitable complejidad de tales discusiones, *Otra vuelta de tuerca* se ha convertido en uno de los textos modernos fundamentales para comprender *qué es* la interpretación en literatura: la gramática y los límites del proceso perceptual por medio del cual organizamos los materiales para la interpretación en forma de evidencias por un lado y de conjeturas por otro. Un análisis apropiado de este debate nos llevaría un ensayo aparte; sin embargo, en lo que respecta a ciertos aspectos de la trama, no ha habido nunca discusión. En primer lugar, no se puede afirmar con seguridad que alguien, salvo la institutriz, haya visto los fantasmas. Miles y Flora niegan haber tenido tal contacto. El ama de llaves, la señora Grose, no tiene ninguno de primera mano, y su actitud al respecto fluctúa entre la institutriz –sorprendida e impresionada por que la mujer haya detectado a Quint– y el escepticismo frente a los términos hiperbólicos de amor y miedo que la institutriz emplea para describir sus sentimientos hacia los niños. Más adelante, la señora Grose llega a pensar que sin duda Flora debe de estar poseída por alguna fuerza externa. En cuanto a la institutriz, antes de trabajar en Bly había llevado una vida resguardada; nunca antes se había cruzado en su camino un puesto similar, y siente una profunda angustia en relación con sus aptitudes, por lo que oscila entre los extremos del regocijo y la inquietud, antes incluso de atisbar por primera vez fantasmas. No obstante, si suponemos que los fantasmas son una alucinación, queda por explicar el hecho de que la institutriz nunca haya oído hablar de Quint ni de la señorita Jessel hasta que su supuesta visión de ambos lleve a la señora Grose a ofrecerle un relato de sus trayectorias en Bly. En total, la institutriz ve cuatro veces a cada fantasma: a Quint en lo alto de la torre, acechando al otro lado de la ventana, luego en el descansillo, y de nuevo pegado a la ventana; a la señorita Jessel, primero en el lago, luego en la escalera, más tarde sentada junto a su mesa y de nuevo en el lago. En esta última ocasión, la señora Grose está al lado de la institutriz y afirma con perfecta claridad que ella no ve nada.

Éstas son las pistas. Cabe añadir que toda la acción está radicalmente simplificada. Tiene los puntales melodramáticos que James propiciaba en novelas anteriores, como *El americano* (1877); sin embargo, aquí las posibilidades melodramáticas no se despliegan en la dirección que apuntan. Cuando llegamos a la conclusión, no se ha concluido nada en lo que se refiere a Quint y a la señorita Jessel. Y para tratarse de una historia en la que la atención del lector se ve obligada a centrarse casi exclusivamente en el argumento, éste contiene muchas repeticiones. El interés radica en si podemos o no confiar en las declaraciones de los niños de que no han tenido ningún contacto, y en si podemos o no confiar en la afirmación de la institutriz-narradora de que tanto Quint como la señorita Jessel mantienen la casa bajo su influjo maligno. La propia percepción, como se nos hace ver a través del énfasis exclusivo puesto en el punto de vista de la institutriz, tiene un poder de persuasión que al final puede determinar la acción; y con esta demostración de la contagiosidad de la «perspectiva», *Otra vuelta de tuerca* nos trae a la mente otros relatos inquietantes como «El joven Goodman Brown» (1835), de Nathaniel Hawthorne, y la alegoría de Franz Kafka «La guarida» (1924).

Otra vuelta de tuerca es un experimento peculiarmente moderno en torno a la dependencia del punto de vista que rige la narración.

El testimonio del propio James sobre sus intenciones con este relato es inconsistente y esquivo. Lo emprendió, explica, obedeciendo a las convenciones de las historias de fantasmas: un género meramente sensacionalista, tal como lo ve él, pensado para lectores que no suponía ni mucho menos preparados para las exigencias de sus obras importantes. En una carta a H. G. Wells, la definía, desdeñándola, como «básicamente una obrita comercial y un *jeu d'esprit*».[1] Y aun así, en 1908 la incluyó en la New York Edition, y destinó buena parte de un prefacio y parte de otro a los problemas artísticos que implicaba la composición de un relato como éste. Y aquí reside un segundo enigma: porque si bien *Otra vuelta de tuerca* es la obra de un esteta, moldeada al extremo por consideraciones en torno a la «atmósfera», y en la que suscita placer el puro desarrollo de la trama, es también una historia de tormento implacable: un instrumento para aislar y exponer el dolor humano.

La institutriz se nos presenta desde el principio como un personaje propenso a los extremos en to-

---

1. Carta a H. G. Wells, 9 de diciembre de 1898, en Leon Edel, ed., *Henry James. Letters*, Cambridge, Massachusetts y Londres, Belknap Press, 1974-1984, vol. IV, p. 86.

dos sus juicios referentes a las personas. Así, Flora le parece, al conocerla, «la niña más bonita que yo hubiera visto» (p. 19). La primera noche apenas consigue dormir porque no deja de pensar en ella, «cuya angelical belleza» perturba de tal modo su imaginación que

> [...] me hizo levantarme antes del amanecer y dar repetidas vueltas por mi alcoba, examinando todos los detalles y perspectivas de la situación; observar desde mi ventana abierta el hermoso amanecer de verano, examinar todo lo que pude del resto de la casa y escuchar, mientras los pájaros iniciaban los primeros trinos en la decreciente oscuridad, la posible repetición de un par de ruidos poco naturales, procedentes no del exterior sino del interior, que me había imaginado. (pp. 20-21)

Ésta es una de sus primeras premoniciones. Como si la belleza sobrenatural de Flora generara la necesidad de una antítesis. En un sentido más general, los niños son la base de su existencia mental y emocional: «[...] estando con mis niños, ¿qué podía importarme en el mundo?» (p. 47). La señora Grose –que ejerce en muchos sentidos como el sentido común del lector– comenta con agudeza esta alternancia entre augurios de corrupción e insinuaciones de una pureza sobrenatural. Cuando, por ejemplo, un comentario inofensivo de Miles sobre su habilidad para las travesuras («¡Piense en lo que podría hacer!») provoca un estremecimiento de pánico en la institutriz, que cree que «Eso es lo que debió demostrar en el colegio», la opinión de la señora Grose sobre esta consideración es «¡Por Dios, usted desvaría!» (p. 110). Y de la creencia de que Miles tal vez sea irremediablemente «malo» y la exaltante creencia opuesta de que parece un ser que no ha conocido más que el amor, la señora Grose comenta de nuevo: «Y si hubiera sido tan malo como usted da a entender, ¿cómo puede ser ahora ese ángel?» (pp. 84-85).

La institutriz maquina e insiste. ¿No sabe la señora Grose que Miles haya sido nunca malo?, le pregunta.

—Que yo no he sabido que él... ¡No es *eso* lo que quise decir!

De nuevo me sentí turbada.

—Entonces, ¿ha sabido usted que...?

—Desde luego que sí, señorita. ¡Gracias a Dios!

Pensándolo bien, lo acepté.

—¿Se refiere a que el niño que nunca...?

—¡Para mí no es un niño!

La sujeté con más fuerza.

—¿Le gusta que sean traviesos?

Luego, al mismo tiempo que su respuesta, exclamé con vehemencia:

—¡Eso mismo creo yo! Pero no hasta el punto de contaminar.

—¿Contaminar?

Mi extravagante palabra la había dejado perpleja.

Me expliqué:

—Corromper.

Me miró fijamente, asumiendo lo que quería decir.

—¿Tiene miedo de que la corrompa a *usted*? (p. 30)

Este pasaje de la historia es fundamental para discernir las motivaciones de la narradora.

Cada concesión y cada súbita suposición son arrastradas por el ritmo del diálogo, y nosotros nos quedamos con una imagen inolvidable de proyección psicológica: los miedos internos de la institutriz han sido transfigurados por la imaginación en una amenaza tangible. Reparamos también en la agudeza de la institutriz cuando apela al mayor peso moralizante posible de esa palabra del vocabulario infantil victoriano: «malo». Descolocada por la imperturbable señora Grose, recula con cierta rigidez —«¿Le gusta que sean traviesos?»— y trata de sonsacarle a la criada su consentimiento en cuanto a que un niño así podría «contaminar» a otros. Pero los términos «contaminar» y «corromper» suponen un salto no sólo cuantitativo sino cualitativo de la maldad imputada: la señora Grose no puede más que mirarla fijamente, extrañada, y la respuesta que da al fin —«¿Tiene miedo de que la corrompa a *usted*?»— tiene la fuerza de una ironía que señala a los miedos de los que surge la conciencia de la institutriz.

La acción de las escenas finales de *Otra vuelta de tuerca* se puede describir perfectamente como la obtención por la fuerza de una confesión: «¡Querido pequeño Miles, querido pequeño Miles, si *supie-*

ras cómo deseo ayudarte!»; pero el deseo personal acaba transformándose en un deber religioso: «¡[...] sólo quiero que me ayudes a salvarte!» (p. 148). De modo que, en su mente, la institutriz ejerce al mismo tiempo como la defensora de Miles y como su inquisidora. Aun suponiendo que se le hubiese concedido «la imaginación hacia todo lo malo –dice ella– [...] mi sentido interior de la justicia padecía mientras buscaba la prueba de que eso se hubiera concretado en hechos» (p. 151). ¿Padeciendo por encontrar una prueba o por desengañarse de sus sospechas? Y de nuevo: «Estaba dispuesta a conocer lo peor que se pudiera saber» (p. 120). (¿Es esto disposición o afán?) «–[...] Vendrá conmigo y confesará. Si confiesa está salvado. Y si está salvado... –¿Se habrá salvado usted también?» (p. 180). (Esa pregunta irónica corresponde una vez más a la señora Grose.) El devastador proceso de salvación al que somete a Miles es admirable sólo bajo la premisa de que nada en el mundo es más importante para ella que demostrar que los fantasmas son reales.

«Pero no había posibilidad de error –dice la institutriz en la primera escena en el lago– [...] en la certeza que tuve de repente sobre lo que vería enfrente de mí y al otro lado del lago en cuanto levantara los ojos» (p. 68). Está convencida de lo que verá, y a continuación lo ve. Tras una breve pausa: «Entonces moví de nuevo los ojos: encaré lo que debía encarar» (p. 69). La institutriz le confía a la señora Grose la certeza de su visión, y de su creencia de que los niños conocen eso de lo que niegan tener conocimiento alguno: «¡Lo saben! ¡Es demasiado monstruoso, pero lo saben, lo saben!» (p. 70). Está convencida de que «¡Hay que ahondar más! Cuantas más vueltas le doy más cosas comprendo, y cuanto más cosas comprendo más miedo me da. ¡No sé qué es lo que *no* veo, qué es lo que *no* temo!» (p. 72). La ironía, en un momento semejante, no necesita la aportación de una segunda persona. La institutriz tiene miedo de que lo que no conoce resulte ser todavía más terrible que lo que sí conoce. Al mismo tiempo, es capaz de ver cualquier cosa, de temer cualquier cosa.

Para cuando ve por segunda vez a la señorita Jessel en el lago, la institutriz ha perdido ya toda noción de la brecha entre su mente y la de los demás: «¡Está allí, está allí!» (p. 163), exclama, mientras la señora Grose responde tan sólo guiñando los ojos. Y sus gritos, de nuevo a Flora –«¡Está allí, pequeña desgraciada! ¡Allí, allí, *allí* [...]!» (p. 165)–, no obtienen más respuesta que el desconcierto de la niña: «No sé a qué se refiere. No veo a nadie. No veo nada. Nunca he visto nada. Creo que usted es cruel. ¡No la quiero!» (p. 167). Esta última frase resuena con una emoción infantil auténtica, sin manipular; sospechar que se trata de un artificio supondría seguir a la institutriz en su rumbo despiadado. Para arrancar una confesión, uno debe estar a prueba de remordimientos y compasión, pero ella está bien pertrechada para esa demostración de fuerza. En la mente de un inspirado inquisidor, la ausencia misma de evidencias es la prueba más sólida de ocultación. El patetismo espeluznante del relato proviene del modo en que la institutriz es capaz de dudar por momentos de sí misma y seguir de todos modos obstinándose: viendo que es posible que esté equivocada, diseña las pruebas de tal modo que todos los resultados confirmen su teoría. Esto se aplica tanto a su impresión del influjo de los fantasmas como a su impresión de la rectitud de su intervención: «La única forma de proseguir –nos dice– era confiando en la "naturaleza" y contando con ella [cualquier cosa que haga, por tanto, le parecerá racional], considerando que mi monstruosa prueba era como una incursión en una dirección desacostumbrada, desde luego, y desagradable, pero que al fin y al cabo sólo exigía otra vuelta de tuerca de la virtud humana normal» (p. 184). Si la confianza en la naturaleza la absuelve frente al sentir racional, el mantener la compostura la reconcilia con la sociedad. Sabe, no obstante, que «el triunfo de mi rígida voluntad» (p. 184) podría mostrarse como algo malévolo, por eso construye su justificación con enorme cuidado.

¿Hasta qué punto se engaña a sí misma la institutriz? En el diálogo del capítulo 16 que marca la transición hacia el clímax, da a entender algo que, por sus omisiones, se convierte casi en una mentira. Cuando la señora Grose le pregunta qué es lo que le ha confesado el fantasma de la señorita Jessel –la verdad es que no han intercambiado una sola palabra–, le da una expresiva respuesta: «¡Que sufría tormento!» (p. 139) (dejando que sea su compañera la que decida qué clase de tormento). Pero no acaba de atreverse a hacer pasar su invención por verdad, y cuando la señora Grose le pregunta directamente: «¿Quiere usted decir que habla?» (p. 139), la institutriz responde que sí con una evasiva. Y añade, respecto a la reacción de la señora Grose ante la imagen del fantasma que padece en las llamas punitivas del infierno: «Fue esto, en verdad, lo que la hizo abrir la boca mientras se imaginaba mi cuadro» (p. 139). ¿Habría logrado la verdad dejarla con la boca abierta de un modo tan receptivo como la invención? Éste es uno de los detalles que despliega James para equiparar la institutriz a una artista, y para sugerir el peligro de equivocarse que tiene una mente cuando reflexiona sobre sí misma. Por otra parte, la institutriz se complace en la invención –ya no en escatimar la verdad, sino en la mera falsedad– cuando afirma que la señorita Jessel «Quiere a Flora» (p. 139) para compartir con ella los tormentos de los condenados. La visión de tales tormentos era una elucubración, pero interpretaba la expresión que había visto en el rostro del fantasma; el detalle sobre compartir los tormentos es un adorno barato. Sin embargo, no hace más que proyectar en otros mundos y en otra víctima el martirio que la institutriz había imaginado para ella en un punto anterior del relato:

> Tenía la absoluta certeza de que volvería a ver lo que había visto, pero algo en mi interior me decía que ofreciéndome valientemente como pro-

tagonista único de la experiencia, aceptándola, incitándola y superándola, serviría de víctima expiatoria y protegería la tranquilidad de mis compañeros. (pp. 60-61)

Arriesgarse a padecer el peor de los tormentos es una prueba de la pureza del autosacrificio.

Pero como James debía de saber gracias a la historia de los juicios de brujas de Salem –un tema de importancia en su libro sobre Nathaniel Hawthorne, dado que uno de los antepasados de éste había ejercido de juez en los juicios–, no es el sufrimiento del acusador el que marca la veracidad de la acusación. ¿Qué podemos decir con seguridad, entonces, de Peter Quint y de la señorita Jessel? Que Quint era «demasiado atrevido» con los niños, y no es poca cosa. «¿Era demasiado atrevido con *mi* muchacho?», pregunta la institutriz; «¡Era demasiado atrevido con todo el mundo!», le responde la señora Grose (p. 62). Esta reiteración sugiere una voluntad de deferencia y un cierto descaro sexual. Con la fiable autoridad de la señora Grose averiguamos también que Quint era «inteligente» y «perspicaz», un fabricante de coartadas, y uno cuyas acciones precisaban con frecuencia de coartada. Pero es sólo la dudosa autoridad de la institutriz la que salta de esto a ver un efecto fatal de Quint sobre los niños. «¿Sus efectos?», le pregunta la señora Grose, y aquí la inquisidora apunta, servil y quejumbrosa: «[...] sobre las preciosas vidas de los inocentes que usted tenía a su cargo» (p. 63). La densidad de los adjetivos es inversamente proporcional a la exactitud de la percepción.

Aun así, por todo lo que se nos cuenta, lo que ve la institutriz es bastante real y se revela sólo a ella. Las conclusiones que saca de los fantasmas, sin embargo, son su creación y responsabilidad. Quint y la señorita Jessel no son los agentes activos de la historia más de lo que lo eran las brujas de *Macbeth*. ¿Por qué los magnifica la institutriz? R. P. Blackmur definió *Otra vuelta de tuerca* como el relato de «una mala consciencia, una consciencia con carencias vitales, pero con una desesperación vital por transformar sus alucinaciones en realidad». Los fantasmas, desde esta perspectiva crítica, son entidades difusas que canalizan el propósito de la institutriz de conseguir unos efectos que su mente consciente quizás repudiara. Los sucesos de la trama son resultado, en opinión de Blackmur, del ejercicio de una «crueldad humana devenida consciencia y motivo en una personalidad resuelta, posesiva, poseída».[2] Pero esta «crueldad devenida consciencia» presenta una extravagante paradoja; da la impresión de que Blackmur se refería más bien a una consciencia que sirve como licencia para la crueldad. Esta interpretación psicológica lleva a James al terreno de Ibsen y de D. H. Lawrence, expertos en la historia natural de la represión y de los engaños mediante los que la voluntad rechaza conocerse a sí misma.

2. R. P. Blackmur, en Veronica A. Makowsky, ed., *Studies in Henry James*, Nueva York, New Directions, 1983, pp. 168-169.

James estaba desde luego interesado en ese deseo de la criatura humana de ejercer su poder sobre los demás negando cualquier motivo egoísta. Una cualidad destacable en las personas en las que este impulso es intenso es la capacidad de reforzar su credibilidad sin necesidad de aportar más pruebas. Tal poder puede presionar hacia fuera en forma de distorsión, o hacia dentro en forma de autoengaño, pero en ambos casos da lugar a un equivalente imaginativo de la realidad. Marius Bewley describió *La copa dorada* (1904) como una «parábola gigantesca en la que vemos cómo la verdad se fabrica con mentiras». Esta forma de moldear la realidad siguiendo una voluntad y un plan personales, decía Bewley, «termina por degradar la dignidad de las personas sobre las que se ejerce, pero confiere a las que la ejercen un interés y un poder siniestros». En su ensayo sobre James incluido en *The Complex Fate*, añadía que la institutriz era una de esas personas que la ejercen, y no sobre las que se ejerce: «"Evoca" por medio de unos demonios mágicos y afines que equivalen a su propia maldad oculta». Así, la institutriz misma está «poseída, y su posesión se convierte en una variante de la posesión con la que amenaza a los niños». Los fantasmas, añadía Bewley, «amenazan a los niños sólo indirectamente, sólo en la medida en que actúan a través de la institutriz».[3] Esta interpretación implacable explica la determi-

---

3. Marius Bewley, *The Complex Fate*, Londres, Chatto & Windus, 1952, pp. 87, 91 y 110.

nación con la que la institutriz, y nadie más, informa de la visión de ambas figuras.

Hay que admitirlo, en los márgenes de la historia se da un burlón juego de sombras. James manipula libremente ambos extremos. Cuando le conviene, agudiza de tal modo la susceptibilidad fantasmal en la mente de la narradora que ésta es capaz de persuadir con tanta destreza como el propio James. La mención del «lívido rostro de condenado» (p. 195) de Quint convenció a uno de los críticos más sutiles de James, Graham Greene, de que los fantasmas eran la manifestación de una malignidad real. James fuerza la frontera entre credulidad y duda, una vez más, cuando permite que la institutriz pronuncie una frase que él mismo podría haber usado fácilmente en cualquier otra parte: «Lo he comparado con un centinela, pero su momentánea y lenta rotación fue por un instante muy similar al acecho de una fiera» (p. 196). Ése es justamente el lenguaje con el que se alude a la bestia que acecha a John Marcher, el protagonista de *La bestia en la jungla* (1903), cuando la voz del narrador es la del propio James.

Pero la explicación racionalizadora cerca del desenlace del relato se impone a los efectos sobrenaturales. Esto ocurre cuando Miles revela por fin a la institutriz los motivos de su castigo en la escuela. Había dicho, a los niños que le gustaban, cosas que no hay que decir, y éstos debieron de repetirlo. Imposible escapar a la conclusión de que Miles dijo palabras relacionadas con sentimientos sexuales, objetos sexuales o actos sexuales. Y es al enterarse de que esas «cosas» llegaron a oídos de los profesores de la escuela cuando la institutriz adopta una postura completamente inquisitorial, y pregunta, arremetiendo: «¿Qué cosas eran ésas?» (p. 201). Habla como «su juez, [...] su verdugo». En ese preciso momento, vislumbra la cara espantosa de Quint contra el cristal, y al tiempo que Miles esquiva su severa pregunta, ella salta «tras él con un único brinco y un grito incontenible» (p. 201). En su cabeza, era Peter Quint la bestia acechante, y ella, la protectora, pero la imagen y la acción de esta escena sugieren lo contrario.

Otra vuelta de tuerca se publicó por primera vez en 1898 en el *Collier's Weekly,* en doce entregas, antes de aparecer más tarde ese año en la edición inglesa y la estadounidense de *The Two Magics* como el primero de los dos textos incluidos. El relato largo que lo acompaña en el volumen, *Covering End,* trata también de una mujer que se hace cargo de la administración de una casa antigua. Si bien la «magia» es en esta ocasión benigna, la heroína de *Covering End* recuerda a la institutriz de *Otra vuelta de tuerca* en un aspecto: una voluntad de dominio que la lleva a convertirse prácticamente en la propietaria de la casa. Esta segunda heroína, además, pese a que emplea las armas cómicas de la vivacidad y el ingenio, desconcierta y abruma a todo aquel que le haga frente.

Cuando James reeditó *Otra vuelta de tuerca* en la

New York Edition de 1908, que recopilaba sus relatos y novelas, la colocó en una compañía muy distinta, junto con «Las dos caras», *El mentiroso* y *Los papeles de Aspern*. La conjunción, esta vez, no vino dada por la similitud superficial de las tramas, sino que surgió de una afinidad psicológica y moral entre las historias que James había sopesado con cuidado. «Las dos caras» y *El mentiroso* tratan ambas de artistas: el primero, un árbitro del buen gusto y la moda que le gasta a un rival una maliciosa broma que consiste en escoger un modelo nada apropiado para su novia, que debuta en sociedad; el segundo, un maestro retratista que busca desenmascarar a través del arte a un embustero empedernido, y que con la crueldad del proceso acaba desenmascarándose él mismo. *Los papeles de Aspern* presenta un paralelismo mucho más inquietante con *Otra vuelta de tuerca*. El narrador es de nuevo un protagonista sin nombre, y la narración es poco fiable en el sentido de que se insinúa al lector una interpretación oculta de la historia que escapa a la visión del narrador que nos la cuenta. Éste es un cazador de documentos –peina castillos, roba legados–, un «canalla editor» del tipo que cree que un «hallazgo» particular puede resolver el enigma de una vida. La pasión que impulsa su búsqueda se presenta como una idea fija, como la idea de la institutriz según la cual los niños tienen una vida aparte que le ocultan y en la que la señorita Jessel y Peter Quint les dan lecciones de maldad.

En una ocasión, cerca del final de *Los papeles de*

Aspern, el narrador se somete a su propio desprecio. Comprende que ha fingido, más de lo que creía, un afecto por la solterona que va a heredar las cartas que quiere conseguir:

> Me dejó destrozado pensar que tenía tanta culpa [...]. Estoy lejos de recordar con claridad la sucesión de acontecimientos y sentimientos que tuvo lugar aquel largo día de confusión, que pasé deambulando de principio a fin [...]. Sólo recuerdo que hubo momentos en que apacigüé mi consciencia y otros en los que la fustigué hasta sumirla en el dolor.

La institutriz tiene más éxito a la hora de apaciguar su consciencia, pero cerca del clímax narrativo cae en unas dudas similares; los dos pasajes, de hecho, presentan un paralelismo que James debió de recordar cuando publicó juntos ambos textos. «Me pareció estar flotando», dice la institutriz (después de que Miles le haya hablado de los niños que le gustan de la escuela),

> en algo más oscuro que la oscuridad y al cabo de un instante mi propia piedad me había despertado al espantoso temor de que quizás fuera inocente. Aquella idea me confundió y turbó, pero si él era inocente, ¿qué era *yo* entonces? (p. 200)

Si Miles no hubiera hecho nada malo, a ella le birlarían su misión, y cuando por un momento no hay ninguna cara en la ventana, dice: «[...] sufrí al pensar que ahora no había forma de apartarlo de allí»

(p. 200). La institutriz no soporta no tener ningún deber que cumplir. Le daría al chico un susto de muerte antes que ver su posición vacía de propósito.

No sólo el método narrativo, sino también el argumento de *Otra vuelta de tuerca,* se basa en una premisa compartida con varias de las últimas obras de James. Algo, nos hacen ver, debe ser preservado o expiado, y se concede a un solo personaje conocer la tremenda importancia de la tarea; dicho personaje, sin embargo, hace gala de una voluntad que va más allá de la preocupación y cae en la obsesión. *El expolio de Poynton* (1897) revela este patrón de un modo aún más revelador por la excentricidad del vínculo que nos presenta. Es una tragedia de salón sobre sucesiones y herencias. Aquí no es ninguna cosa humana, en el sentido acostumbrado, sino los preciosos objetos de una casa magnífica, coleccionados por una mujer de buen gusto, los que están amenazados y requieren protección. La colección de objetos de Poynton constituye lo que más estima en la vida la señora Gereth, pero su hijo Owen va a heredarla junto con la casa, y tiene intención de casarse con una arribista que sólo entiende del precio de las cosas. Se convierte en el deber de la señora Gereth traspasar los objetos, y con ellos el afecto de su hijo, a una pareja más digna. Por una feliz casualidad, su joven confidente Fleda Vetch se enamora del botín y del hijo; pero aunque éste le corresponde, Fleda, un ejemplo perfecto de la consciencia severa que James admiraba, no puede aceptar tal regalo. Debe demostrar que su amor es desinteresado con una doble renuncia. Las dos mujeres acaban juntas, en una casa más pequeña llamada Ricks, con unos pocos objetos dispuestos por la señora Gereth que crean un misterioso efecto. Nuestros vínculos más profundos, afirma la novela, pueden gravitar hacia las cosas y no hacia las personas, y el único hechizo que contrarresta esta seducción es tratar a las personas como fines en sí mismas. Un esfuerzo así puede conducir a la infelicidad; en tal caso, es un precio que los elegidos en las obras de James están dispuestos a pagar. La caridad de Fleda Vetch es, a este respecto, una versión más modesta del autosacrificio de Milly Theale en *Las alas de la paloma* (1902).

Un detalle concreto de *El expolio de Poynton* adquiere una relevancia considerable en el contexto de *Otra vuelta de tuerca*. La simpatía hacia los muertos se da a conocer aquí a raíz del contacto con un fantasma que merodea por la escena de un amor frustrado. Las dos mujeres hablan del descubrimiento en un pasaje extraordinario hacia el final de la novela, en el que Fleda, conversando con la señora Gereth en la casa pequeña, afirma percibir allí «una especie de cuarta dimensión»:

> –Es una presencia, un aroma, un roce. Es un alma, una historia, una vida. Hay aquí muchísimo más que sólo usted y yo. ¡En realidad somos tres!
> –Oh, ¡si cuenta usted a los fantasmas!
> –Por supuesto que cuento a los fantasmas. Creo que los fantasmas deberían contar por dos: por lo que fueron y por lo que son.

Están de acuerdo en que no había fantasmas en Poynton porque el lugar era «espléndidamente feliz», pero que «a partir de ahora habrá un fantasma o dos» por el amor frustrado de Fleda y Owen. Mientras tanto, el fantasma de Ricks, «este querido fantasma nuestro», ejerce su influjo transmitiendo el recuerdo de «un dolor enorme y asumido». Esto puede recordar al fantasma de la señorita Jessel en *Otra vuelta de tuerca*, atisbado en las escaleras, «con el cuerpo semidoblado y la cabeza entre las manos, en actitud pesarosa» (p. 98). Ese mismo fantasma es visto más tarde como la vil predecesora: «Deshonrada y trágica», y la institutriz la condena: «¡Mujer terrible y miserable!» (p. 136). ¿Acaso el fantasma de Ricks, con su «dolor enorme y asumido», evoca de algún modo a la señorita Jessel bajo una luz más cordial? Para verlo de este modo, uno debe ir más allá del moralismo de la institutriz, que reprime toda compasión por esa mujer perdida. En ambos argumentos, la catástrofe la prepara alguien de voluntad fanática que está dispuesto a sacrificar la felicidad y la vida misma en el altar de su fe en el deber. No obstante, es la institutriz, empleada en una casa desconocida, la que carga con la responsabilidad más peligrosa y delicada. A diferencia de la señora Gereth, ella tiene niños y no objetos a su cuidado, y una confidente (la señora Grose) demasiado débil para contenerla y demasiado respetuosa para darle algo más que la insinuación de una advertencia.

Junto con la fábula de protección y redención, el siguiente argumento favorito de James consiste en adentrarse en un secreto que bordea el crimen. *La fontana sagrada* (1901) presenta este método de investigación implacable en las manos de una persona más sutil que la institutriz: un narrador con un intelecto refinado muy similar al del propio James. Este narrador, de nuevo sin nombre, cree percibir un intercambio de poderes pseudovampíricos entre los hombres y las mujeres de dos parejas que han sido invitadas a una casa de campo a pasar el fin de semana. En general se guarda para sí estas espantosas imaginaciones, pero las desarrolla apoyándose en una confianza irrefrenable en sí mismo, inmune a los reproches de los demás. La ausencia de evidencias equivale para él, al igual que para la institutriz, a una prueba probable de que las evidencias han sido eliminadas. Y tampoco se siente disuadido por la improbabilidad de sus presunciones: «Nada es un milagro, lo reconozco, desde el momento en que uno anda tras la causa». De modo que una ocurrencia que las leyes de la naturaleza parecen invalidar —que un hombre envejezca rápidamente mientras su esposa rejuvenece; que los miembros de una relación o un matrimonio intercambien rasgos particulares— deviene posible por medio del ingenio argumentativo del detective. En cuanto a todo aquello que *parece* un milagro porque rompe los protocolos de las leyes naturales, el narrador de *La fontana sagrada* aduce, a modo de refutación: «Digamos que es mi realidad». ¿Puede un milagro redefinirse como un hecho real si lo incorporo a mis creencias personales como «mi realidad»?

Esta hipótesis equivale a una ampliación radical del pragmatismo, similar a una doctrina expuesta alrededor de la misma época por el hermano de James, el psicólogo y filósofo William James (1842-1910). La idea de que la fe no sólo matiza sino que determina en gran medida la experiencia, incluida nuestra experiencia del mundo material, es un elemento recurrente en los ensayos de William James en torno a la fe y la moral. «Hay casos –decía en "La voluntad de creer"– en los que un hecho no puede darse en absoluto a no ser que exista una fe previa en que tal hecho se produzca.» Pero este argumento va aún mucho más lejos: «La fe en un hecho puede ayudar a crear el hecho».[4] Así, un fantasma difícilmente aparecerá en ausencia de una fe predispuesta en la mente de aquel que reconozca su presencia; igual que tampoco un artista puede crear sin la fe necesaria en lo acertado de su proyecto fundamental. El narrador de *La fontana sagrada* es un artista que aplica su imaginación sobre materiales vivos. Puede que lo haga partiendo de un método equivocado, puede que su propósito vaya errado, pero es un artista, en cualquier caso. Tan pronto comprendemos esto, sin embargo, cobramos consciencia, con inquietud, de que la misma descripción puede aplicarse a la institutriz, que habla de su tarea en términos de proyecto, destreza y

4. William James, *The Will to Believe and Other Essays in Popular Philosophy*, Nueva York, Longman, Green & Co., 1907, p. 25.

de una adecuada transmisión de fe a su público. La única diferencia es que ella ejerce el poder sobre sus sujetos. Ocupa un lugar desde el que puede producir, mediante actos de la voluntad, un efecto duradero en algo que va más allá de sus propias creencias. El narrador de *La fontana sagrada* es a su lado un principiante.

El paralelismo se sostiene de un modo extraordinario porque la arrogancia es la misma en ambos casos. «No estaba ahí para salvarlos a *ellos* –dice el narrador de *La fontana sagrada* en referencia a los invitados de la casa–. Estaba ahí para salvar el preciado tesoro de mis pesquisas y para endurecer, a ese fin, mi corazón.» El corazón de la institutriz está ya endurecido sin que ella lo sepa, y sin que sospeche que deba expiar exceso alguno. Por el contrario, ella sí está ahí para *salvarlos*. Sólo la textura de la narración delata su debilidad por el tesoro de sus «pesquisas» y un orgullo que la despoja de piedad. En *La fontana sagrada* hay un diálogo muy revelador sobre la naturaleza de los fenómenos: «–No es tanto, quizás, que los vea... –¿... como que los perpetro?». La transición de la primera a la segunda fábula no requirió una gran reorientación por parte de James. Los fantasmas de la primera historia se convirtieron en las relaciones postuladas de la segunda.

Todas estas obras –*El expolio de Poynton*, *La fontana sagrada* y *Otra vuelta de tuerca*– nos perturban con peculiar persistencia. Nuestra imaginación sigue bajo el influjo de poderes sobrenaturales aun después de que se nos ofrezca una adecuada explicación racional de sus orígenes. Esto encaja con un patrón de novela psicológica en la que el misterio perdura más allá del tiempo de exposición: el relato de E. T. A. Hoffmann «El hombre de arena» (1816) y la película *Vértigo* (1958), de Alfred Hitchcock, son ejemplos notables. En un relato como *Otra vuelta de tuerca* se nos presenta la conquista de la probabilidad como la recompensa de una imaginación obstinada. (Si la historia se contara en tercera persona, la desproporción entre la voluntad de la institutriz y las voluntades, más débiles, del resto de los personajes quedaría aún más marcada.) Y ella apresa al lector, también. Nos somete de tal modo a su poder que sentimos –contra la probabilidad, contra una verdad llana y demostrada de la psicología– que tal vez haya discernido realmente la maldad de una influencia externa. Y esta idea persiste por encima de todo lo que descubrimos sobre la forma en que ella misma ha producido los efectos que describe.

Los momentos mágicos más difíciles de racionalizar son aquel en el que Miles está fuera, solo, plantado en mitad de la oscuridad y mirando hacia la casa, adonde Quint supuestamente reclama su atención; y más adelante, las cosas horrorosas que salen por boca de Flora, tal como cuenta la señora Grose, y que no parecen proceder de ninguna fuente terrenal. Por el contrario, la última escena con Miles está equilibrada con sumo cuidado para inclinar al lector en la dirección a la que tendieran previamente sus creencias. La pregunta de si Miles ve a Quint o ve sólo a la institutriz gritando con una horrible mueca..., esto pasa a ser un asunto que debe decidir la inclinación del lector. Aun así, su pasión, su aislamiento y su prominencia en la narración, todo ello obra en favor del testimonio de la institutriz. La falta de imaginación habría dejado las cosas en Bly tal como estaban; puede que la vida de Miles hubiera sido perdonada; pero, de manera natural, preferimos la acción a la inercia. Además, la historia no aporta ninguna voz que sirva de contrapunto y nos recuerde que es posible que no haya ninguna corrupción que remediar. La imaginación, no obstante, posee su propio fanatismo, y su propia crueldad. El desasosiego que sienten muchos lectores al final de *Otra vuelta de tuerca* surge de un punto muerto entre la imaginación, que crea los objetos sobre los que actúa y contra los que actúa, y un instinto de delicadeza, o de prudencia, o de mera decencia, que impide enredar con almas y cuerpos, ni siquiera con un propósito purificador.

Ninguna de las historias que invitan a la comparación con *Otra vuelta de tuerca*, y ninguna de las historias que James publicó junto a ésta, es una historia de fantasmas. Se trata más bien de historias sobre la voluntad y la fe. James, sin embargo, escribió varios relatos de fantasmas, y parece probable que creyera en fantasmas. Que creyera en ellos como una cuestión de experiencia, y no como una verdad metafísica; un tipo de experiencia que él no alegaba haber tenido, pero que resultaba interesante en la ficción por la luz que podía arrojar sobre el que la experimentaba. En todos estos aspectos de su postura imaginativa, Henry James coincidía con su hermano. Las experiencias constatadas con fantasmas, decía William James en «What Psychical Research Has Accomplished» (1897), «no son más que manifestaciones extremas de una verdad elemental: que segmentos invisibles de nuestra mente son susceptibles, en condiciones que raramente se producen, de influir y de ser influidos por los segmentos invisibles de otras vidas conscientes». William James, en resumen, declinaba aceptar los términos del dilema racional por el cual una fuerza aparentemente no natural debe ser lo que afirma ser, o ser clasificada de inmediato como una completa impostura. Una característica de la auténtica ciencia es que «toma siempre un tipo conocido de fenómeno y trata de ampliar su alcance».[5] En consecuencia, al igual que en lo tocante a nuestra mente, sabemos que no podemos ser plenamente conscientes de los instintos, motivos y percepciones almacenadas que la conforman, y sin embargo aceptamos que esos elementos ocultos están presentes, cuando se trata de entidades como los fantasmas, que poseen algunas de las propiedades de la mente, comprenderemos mejor su relevancia si las estudiamos en conjunción con nosotros mismos.

5. William James, «What Psychical Research Has Accomplished», en Gardner Murphy y Robert O. Ballou, eds., *William James on Psychical Research*, Nueva York, Viking Press, 1960, p. 42.

Una curiosidad corriente con respecto a la *frontera exacta* entre la existencia material y la inmaterial puede impedirnos ver cuánto tienen ambas en común. Pues «la única categoría completa de nuestro pensamiento –según William James– es la categoría de la personalidad», y la personalidad en sí, correctamente considerada, es «un estado de cosas».[6] Aquí es donde se une lo que sabemos de los reinos material e inmaterial. Henry James estaba de acuerdo y así lo afirmó en muchas ocasiones; las más memorables, su ensayo sobre Iván Turguénev (1874) y el prefacio a *Retrato de una dama* en la New York Edition (1908). Aceptar esa verdad sobre la personalidad conlleva una ampliación y al mismo tiempo una limitación de nuestro interés por lo sobrenatural. De ello se deriva, por ejemplo, como señalaba William James, que «las perturbaciones en la región supraliminal procedentes de la región subliminal», así como las alucinaciones o los impulsos súbitos, tal vez dependan del acceso que una determinada personalidad permite a los estímulos procedentes de una fuente desconocida. Y los fantasmas (al igual que los testimonios humanos de experiencias con fantasmas) pueden mentir. En «The Final Impressions of a Psychical Researcher» (1909), William James concluía: «Nuestra región subconsciente parece estar dominada, por norma, bien por una demente "voluntad de hacer creer", bien por una curiosa fuerza externa que nos empuja a encarnar un

6. *Ibid.*, p. 47.

personaje».[7] Esto se aplica a la forma en que los médiums pueden asumir experiencias que no tienen nada que ver con su vida –experiencias tomadas de lo que William James denominaba el «espacio exterior»–, y se aplica asimismo a los muertos que entran en las mentes de los vivos, personas capaces de experimentar una empatía sobrehumana hacia los demás, y a los vivos que se relacionan con total naturalidad con los muertos, como ocurre en el relato de Henry James «Los amigos de los amigos» (1896). La diferencia entre los filósofos expertos en investigación psíquica y la gente normal, observaba William James sin fanfarria, es simplemente que esta última, aunque reconoce la existencia de fenómenos inexplicables, supone que son algo bastante excepcional, mientras que los primeros saben que son muy comunes.

Por tanto, en opinión de William James, no puede darse una explicación acertada de los fantasmas que ve la institutriz si no se comprende la personalidad de ésta, ya que este tipo de revelaciones se dan a través de médiums incorregiblemente humanos y sólo en mentes susceptibles. Ciertos fenómenos, creaciones o vestigios de la experiencia terrena pueden penetrar una consciencia «privilegiada» aun cuando los rechace una consciencia con barreras más altas. Sin embargo, lo que el médium escucha o lo que reconstruye aquel capaz de percibir nunca puede separarse de la personalidad, de la accesibilidad a la

7. «The Final Impressions of a Psychical Researcher», en *William James on Psychical Research*, p. 322.

experiencia y de los conocimientos ordinarios que tenga el portador de esa percepción extraordinaria. El testimonio de una visión fantasmal nos dice algo del testigo. Por tanto, si afirmamos que los fantasmas de *Otra vuelta de tuerca* son reales, debemos añadir que su existencia real viene condicionada por el carácter y la situación de la institutriz.

Puede que veamos desvanecerse la aparente complejidad que rodea la historia una vez comprendemos que la institutriz es el actor principal y que los demonios en sí, al parecer, no actúan. Así, podemos aceptar que Quint y la señorita Jessel existen, al tiempo que afirmamos que es la institutriz la que produce los efectos. El germen del relato, una anécdota que le transmitió a James el arzobispo de Canterbury, no dejaba margen para tanta complejidad. Como recogía James en su diario:

> Los criados, malvados y depravados, corrompen y depravan a los niños; los niños son malos, llenos de maldad, hasta un grado siniestro. Los criados *mueren* (la historia es ambigua respecto al cómo) y sus apariciones, representa, vuelven para hechizar la casa *y* a los niños, a los que parecen llamar hacia sí, a los que invitan y reclaman, desde el otro lado de un lugar peligroso, la profunda zanja de un bancal, etcétera, para que los niños se destruyan a sí mismos, se arruinen, al responder, al caer en su poder.[8]

8. Henry James, en Leon Edel y Lyall H. Powers, eds., *The Complete Notebooks of Henry James*, Nueva York y Oxford, Oxford University Press, 1987, p. 109.

Algunas referencias del diario sobreviven en las escenas de atracción desde la torre y en el lago, y también en la forma en que el terrible rostro de Quint en la ventana busca a su presa; sin embargo, la idea, propia de *Hamlet*, de que un fantasma incite a la autodestrucción —«¿Y si os tienta a lanzaros al mar, mi señor?»— apenas se integra en la textura final de la historia.

James dejó mejores pistas en relación con lo que buscaba y no buscaba en el prefacio del volumen de la New York Edition en el que se incluían «El altar de los muertos», «Lo que deba hacerse» y «Sir Edmund Orme». De la plasmación artística de un fenómeno sobrenatural, decía que «queremos que sea clara, bien sabe Dios, pero también queremos que sea densa, y esa densidad la obtenemos de la consciencia humana que la alberga y la registra, que la amplifica y la interpreta». Los prodigios que se presentaban «directamente» le producían una impresión inferior: «Conservan todo su carácter, por el contrario, cuando asoman por entre otra historia, la historia indispensable de la relación normal que alguien mantiene con algo». Con «historia» se refiere exactamente a lo mismo a lo que se refería William James con «personalidad»: una pista de que el núcleo del interés, para él, no podía ser otro que la institutriz. En el prefacio al volumen que contiene *Otra vuelta de tuerca* y *Los papeles de Aspern*, que reproducimos en esta edición, James seguía esa misma dirección y afirmaba que Quint y la señorita Jessel no eran «en absoluto "fantasmas" [...] sino duendes, elfos, diablillos, demonios construidos con tan poco rigor como aquellos de los antiguos juicios por brujería» (p. XVIII). Esta forma de expresarlo no pretende tanto afirmar que «duendes, elfos y diablillos» sean reales como recurrir a los testimonios de su existencia para ejemplificar el carácter de aquellos que presencian tales prodigios. Cuando James asegura que sus fantasmas están «construidos con poco rigor», quiere decir que no están pensados para soportar un escrutinio racional, un hecho respecto a su composición que la institutriz no llega a comprender. «Lo esencial del asunto era la villanía de los móviles de las criaturas depredadoras que se evocan» (pp. XVIII-XIX), pero la aparente revelación que hay aquí es burlonamente esquiva. «Evocar», por supuesto, es la palabra clave, pero los móviles en cuestión no son sólo, necesariamente, los de los demonios. James no dice quién o qué provoca la acción. Lo que resulta evidente es que él, como autor, evoca unos motivos en los demonios, al igual que la institutriz evoca una respuesta en los niños.

En las cartas a sus amigos, James tendió a reconocer la centralidad de la institutriz. Resultaba modesto pero no del todo ingenuo que le dijera a H. G. Wells que *Otra vuelta de tuerca* era una obrita comercial. A F. M. H. Myers (una autoridad en el campo de la investigación psíquica) le contó, con mayor convicción, que su interés era el de «transmitir a los niños el mal y el peligro más infernales que pudieran imaginarse»; lo que debería cautivar al lector, por tanto, es «la situación en la que se encuentran de verse *expuestos,* tan expuestos como sea humanamente concebible que lo esté un niño».[9] Pero ¿expuestos a qué? El mal que los amenaza lo canaliza y transmite la institutriz.

«Corresponde al futuro decidir –afirmaba Sigmund Freud en su interpretación del caso Schreber– si en mi teoría hay más delirio del que me gustaría admitir o si en el delirio de Schreber hay más verdad de la que otra gente está hasta ahora preparada para creer.»[10] Este dilema despertó en James un absorbente interés. ¿Qué autoridad podemos concederle a la interpretación descabellada de un fenómeno descabellado? Esto nos lleva de vuelta al misterio más insondable de la imaginación, a saber: el poder que puede tener un delirio de perdurar más allá de su refutación racional. Los últimos párrafos del relato son tan perturbadores porque vemos en ellos la

9. Carta a F. W. H. Myers, 19 de diciembre de 1898, en *Henry James. Letters*, vol. IV, p. 88.

10. Sigmund Freud, «Psycho-Analytic Notes on an Autobiographical Account of a Case of Paranoia», *Complete Psychological Works*, Londres, Hogarth Press, 1955-1974, vol. 12, p. 79. La psicosis de Daniel Paul Schreber de que Dios quería convertirlo en mujer fue diagnosticada por Freud como una emanación de la voluntad de Schreber de someterse al padre. Shoshana Felman cita el caso en «Turning the Screw of Interpretation», donde describe un patrón repetitivo de la ceguera y la desmitificación, que en la historia de James pasa de la institutriz a cada personaje.

destrucción de una vida, si bien presenciamos la muerte de Miles como un suceso cuya causa nunca podremos identificar y un crimen que no puede ser castigado. Además, deja un regusto que un admirador de Henry James debería reconocer. Por magistral que sea el relato, su textura está marcada por un ansia casi devoradora por el orden y la simetría. La expresión «otra vuelta de tuerca» se refiere a la afirmación de la institutriz de que, al forzar a Miles, se estaba limitando a dar «otra vuelta de tuerca [a] la virtud humana normal», pero ya se había usado antes en un contexto que la enlaza más de cerca con James que con su narradora: como dice Douglas, la voz de la narración principal, al que fue confiado el manuscrito, «Si un niño da la sensación de otra vuelta de tuerca, ¿qué pensarían ustedes de *dos* niños?» (p. 6). Es una forma perversa de subir la apuesta, y alude a un educado gusto por la crueldad. Ese mismo distanciamiento transmite el comentario de James en su prefacio: «[...] mis valores están todos en blanco, salvo cuando un horror provocado, una piedad estimulada, una destreza creada –sobre cuyos efectos puntuales de poderosas causas ningún escritor puede dejar de vanagloriarse– procedan a ver en ellos figuras más o menos fantásticas» (p. XXI). James elogia el relato por un habilidoso empleo de valores «en blanco» que dirige la atención del lector a nada más que la lograda construcción del escritor.

James llevó este tipo de narración más lejos de lo que lo habían llevado Wilkie Collins o Robert Louis

Stevenson. Lo dotó de esencia psicológica al tiempo que conservaba las cualidades superficiales de la acción sensacionalista. El desconcierto ante la contradicción –una confusión que, como hemos visto, se mantiene en las cartas del propio James– justifica, en parte, la respuesta contemporánea a la obra. Aun así, el lenguaje perplejo y acusatorio de algunas de las primeras reseñas sugiere una respuesta más receptiva que la aprobación complaciente de los críticos académicos. «La sensación que queda tras examinar esta horrible historia –decía una reseña de *The Independent* de Long Island el 5 de enero de 1899– es la de que uno ha participado en un ultraje contra la fuente más sagrada y más dulce de inocencia humana, y que ha ayudado a corromper –al menos por mantenernos al margen sin hacer nada– la naturaleza pura y confiada de los niños.» La mojigatería aquí es sólo aparente, ya que el autor ha percibido un olorcillo a traición inserto en el relato, un remedio que escalda cuando prometía aliviar. La institutriz parece ser una persona de fiar, y la firmeza con que se aferra a su deber parece apuntar a un final feliz. Sin embargo, en ningún momento llegamos a estar lo bastante convencidos de su cordura como para aceptar que salve a Miles de una condena que exista fuera de su mente. Y esta misma reseña saca a colación otro hecho inquietante: si bien los fantasmas son impíos, no puede haber nada corrupto en el desarrollo de la historia a no ser que supongamos que la institutriz es una fuerza siniestra. El autor de la reseña ha percibido esto aunque no ha sido capaz de decirlo en palabras. La incómoda verdad se admite al comienzo –hasta cierto punto para vacunarnos contra el ultraje–, de la mano del narrador principal, Douglas: no hay nada que pueda compararse a este relato, dice, en términos «¡De pavor! ¡Es pavoroso!», pues «Es misterioso y repugnante, terrorífico y doloroso» (p. 7). El terror y el dolor son ciertamente desorbitantes si vemos a los niños torturados por un conflicto al que la institutriz los arrastra contra su voluntad.

Si éste fuera el relato de una niña a la que mandan lejos de una casa encantada, y de su hermano, que se queda allí y muere de miedo, no cargaría con semejante volumen de interpretaciones conturbadas. A fin de cuentas, quien detona la carga de terror y dolor más intensa es la institutriz, tanto por su credibilidad como por su monstruosa voluntad, y por la insistencia seductora con la que ejerce como intermediaria de los fantasmas. Es esto lo que agudiza el tormento del lector, igual que agudiza el de los niños. La diferencia es que los niños tienen que considerarla una loca (en cuyo caso su vida está en manos de una chiflada) o alguien poseído por la visión de una verdad terrible, mientras que el lector es libre de juzgar la mente de la institutriz a partir de las inversiones y proyecciones que manifiesta y de sus aparentes efectos involuntarios. En *Otra vuelta de tuerca* se nos muestra el caso más peligroso que podamos imaginar de confusión entre los deberes de la consciencia y el surgimiento de una formidable obstinación nacida de pasiones reprimidas. La narración de la institutriz pone de manifiesto el poder de la ficción para generar realidad conjurando efectos reales a partir de creencias internas. Nosotros, los lectores, podemos ser testigos del proceso y librarnos de sus efectos. Se nos dan los materiales con los que elaborar una explicación del modo en que se configuran las creencias. Acabamos por descubrir los terrores ocultos en respuesta a los cuales los demonios adquirieron su siniestra forma final. Sin embargo, identificar el origen humano de un terror sobrehumano no resta a nuestra compasión y a nuestras dudas hacia nosotros mismos ni un ápice de turbación ni una capa de misterio.

DAVID BROMWICH

CRONOLOGÍA

1843 Henry James nace el 15 de abril en la ciudad de Nueva York, en el número 21 de Washington Place. Fue el segundo de los cinco hijos de Henry James (1811-1882), teólogo especulativo y pensador social, cuyo padre, un estricto emprendedor, había amasado una fortuna estimada en tres millones de dólares, una de las más importantes de Estados Unidos en aquella época; y de su esposa, Mary (1810-1882), hija de James Walsh, un comerciante neoyorquino de algodón de origen escocés.

1843-1845 Acompaña a sus padres a París y a Londres.

1845-1847 La familia de James regresa a Estados Unidos y se instala en Albany, Nueva York.

1847-1855 La familia se instala en la ciudad de Nueva York. James se educa con tutores y en es-
cuelas privadas.

1855-1858 La familia viaja por Europa: Ginebra,
Londres, París, Boulogne-sur-Mer. A la vuel-
ta a Estados Unidos se instala en Newport,
Rhode Island.

1859-1860 La familia vuelve a Europa: James asiste
a la escuela científica y luego a la Academia
(más tarde Universidad) de Ginebra. Aprende
alemán en Bonn.
En septiembre de 1860 la familia regresa a
Newport. James entabla amistad con el futuro
crítico T. S. Perry (que recuerda que James
«no dejaba de escribir relatos, sobre todo relatos románticos») y el artista John La Farge.

1861-1863 Se lesiona la espalda mientras ayuda a
extinguir un incendio en Newport y queda
exento de prestar servicio en la guerra de Se-
cesión (1861-1865).
En el otoño de 1862 ingresa en la facultad de
Derecho de Harvard, donde estudiará durante un cuatrimestre. Comienza a enviar sus relatos a revistas.

1864 Su primer relato, «A Tragedy of Error», se
publica en febrero de manera anónima en la
revista *Continental Monthly*.

En mayo la familia se traslada al número 13 de Ashburton Place, Boston, Massachusetts.
En octubre James publica una reseña sin firmar en la *North American Review*.

1865 Su primer relato firmado, «Historia de un año», aparece en marzo en la revista *Atlantic Monthly*. Publica una crítica en el primer número de *The Nation* (Nueva York).

1866-1868 Continúa escribiendo reseñas y relatos. En el verano de 1866 W. D. Howells, novelista, crítico y editor influyente, se convierte en su amigo.
En noviembre de 1866 la familia se traslada al número 20 de Quincy Street, junto a Harvard Yard, en Cambridge, Massachusetts.

1869 Por motivos de salud viaja a Europa, donde conoce a John Ruskin, William Morris, Charles Darwin y George Eliot; también visita Italia y Suiza.

1870 Su queridísima prima Minny Temple muere en Estados Unidos en marzo.
En mayo James vuelve a Cambridge de mala gana, todavía afectado.

1871 Su primera novela corta, *Guarda y tutela*, aparece por entregas entre agosto y diciembre en la revista *Atlantic Monthly*.

1872-1874 Acompaña a su hermana inválida, Alice, y a su tía Catherine Walsh («tía Kate») a Europa en mayo de 1872. Escribe crónicas de viaje para *The Nation*. Entre octubre de 1872 y septiembre de 1874 pasa temporadas en París, Roma, Suiza, Homburg e Italia sin su familia.

En la primavera de 1874 comienza en Florencia su primera novela larga, *Roderick Hudson*. En septiembre regresa a Estados Unidos.

1875 Publica en enero *Un peregrino apasionado y otros cuentos,* la primera de sus obras que apareció en forma de libro. Le siguieron *Transatlantic Sketches* (apuntes de viaje) y *Roderick Hudson*, en noviembre. Pasa seis meses en Nueva York, en el número 111 de la calle Veinticinco Este, y luego tres meses en Cambridge. El 11 de noviembre llega a París, al número 29 de la rue de Luxembourg, como corresponsal para el *New York Tribune*.

En diciembre comienza una nueva novela, *El americano*.

1876 Conoce a Gustave Flaubert, Iván Turguénev, Edmond de Goncourt, Alphonse Daudet, Guy de Maupassant y Émile Zola.

En diciembre se muda a Londres y se instala en el número 3 de Bolton Street, cerca de Piccadilly.

1877 Visita París, Florencia y Roma.
      El americano se publica en mayo.

1878 Conoce a William Gladstone, Alfred Tenny-
      son y Robert Browning.
      En febrero se publica el primer libro de James
      en Londres, la colección de ensayos *French
      Poets and Novelists.*
      La novela corta *Daisy Miller* aparece por en-
      tregas en *The Cornhill Magazine* durante el
      mes de julio, y *Harper's* la publica en noviem-
      bre en Estados Unidos, afianzando así el re-
      nombre de James a ambos lados del Atlántico.
      En septiembre publica *Los europeos* (novela).

1879 En diciembre publica *Confianza* (novela) y
      Hawthorne (estudio crítico).

1880 En diciembre publica *Washington Square*
      (novela).

1881 Regresa a Estados Unidos en octubre; visita
      Cambridge.
      En noviembre publica *Retrato de una dama*
      (novela).

1882 Su madre muere en enero. Visita Nueva York
      y Washington D. C.
      En mayo viaja a Inglaterra, pero en diciembre
      regresa a Estados Unidos a causa de la muerte
      de su padre.

1883 En verano vuelve a Londres.
En noviembre Macmillan publica su obra narrativa completa en catorce volúmenes.
En diciembre publica *Portraits of Places* (crónicas de viaje).

1884 Su hermana Alice se traslada a Londres y se instala cerca de James.
En septiembre publica *A Little Tour in France* (crónicas de viaje) y *Tales of Three Cities*; «El arte de la ficción», su importante proclama artística, aparece en *Longman's Magazine.*
Entabla amistad con R. L. Stevenson y Edmund Gosse. En una carta a su amiga estadounidense Grace Norton escribe: «Nunca me casaré [...]. Ya soy lo bastante feliz y lo bastante desgraciado tal como están las cosas».

1885-1886 Publica dos novelas por entregas: *Las bostonianas* y *La princesa Casamassima.*
El 6 de marzo de 1886 se muda a un piso en De Vere Gardens 34.

1887 Visita Florencia y Venecia durante la primavera y el verano. Prosigue su amistad (iniciada en 1880) con la novelista estadounidense Constance Fenimore Woolson.

1888 Publica *El eco* (novela), *Los papeles de Aspern* (novela corta) y *Partial Portraits* (crítica).

1889 Publica la colección de relatos *Una vida en Londres*.

1890 Publica *La musa trágica* (novela).

1891 La adaptación teatral de *El americano* se representa durante una corta temporada en Londres y provincias.

1892 En febrero publica *La lección del maestro* (colección de relatos).
En marzo muere en Londres Alice James.

1893 Publica tres volúmenes de relatos: *The Real Thing* (marzo), *La vida privada* (junio) y *The Wheel of Time* (septiembre).

1894 Mueren Constance Fenimore Woolson y R. L. Stevenson.

1895 La obra *Guy Domville* se estrena el 5 de enero en el Saint James Theatre y es recibida con abucheos y aplausos; James abandona durante años la dramaturgia.
Visita Irlanda. Se aficiona al ciclismo. Publica dos volúmenes de relatos: *Terminations* (mayo) y *Embarrassments* (junio).

1896 Publica *La otra casa* (novela).

1897 Publica dos novelas: *El expolio de Poynton* y *Lo que Maisie sabía*.
En febrero empieza a dictar sus obras, debido a problemas de muñeca.
En septiembre alquila Lamb House, en Rye, Sussex.

1898 Se muda a Lamb House en junio. Entre sus vecinos de Sussex están los escritores Joseph Conrad, H. G. Wells y Ford Madox Hueffer (Ford).
En agosto publica *En la jaula* (novela corta).
Otra vuelta de tuerca, una historia de fantasmas incluida en *The Two Magics,* se convierte en octubre en su obra más popular desde *Daisy Miller*.

1899 En abril publica la novela *La edad ingrata*.
En agosto compra Lamb House en propiedad.

1900 Se afeita la barba.
En agosto publica una colección de relatos, *The Soft Side*.
Entabla amistad con la novelista estadounidense Edith Wharton.

1901 En febrero publica la novela *La fontana sagrada*.

1902 En agosto publica la novela *Las alas de la paloma*.

1903 En febrero publica la colección de relatos *Lo más selecto.*
En septiembre publica la novela *Los embajadores.*
En octubre publica la biografía *William Wetmore Story and his Friends.*

1904 En agosto viaja en barco a Estados Unidos, su primera visita en veintiún años. Pasa por Nueva Inglaterra, Nueva York, Filadelfia, Washington, el Sur, San Luis, Chicago, Los Ángeles y San Francisco.
En noviembre publica la novela *La copa dorada.*

1905 El presidente Theodore Roosevelt lo invita en enero a la Casa Blanca. Lo eligen miembro de la Academia Americana de las Artes y las Letras.
De vuelta en Lamb House en julio, comienza a revisar sus obras para la New York Edition, la edición estadounidense de sus obras completas: *The Novels and Tales of Henry James.*
En octubre publica *English Hours* (ensayos de viaje).

1906-1908 Selecciona, ordena, prologa y encarga ilustraciones para la New York Edition, publicada entre 1907 y 1909 en veinticuatro volúmenes.

1907 En enero publica *The American Scene* (ensayos de viaje).

1908 En marzo, producción de la obra *The High Bid* en Edimburgo.

1909 En octubre publica *Italian Hours* (ensayos de viaje). Problemas de salud.

1910 En agosto viaja a Estados Unidos con su hermano William, quien muere una semana después de su regreso.
En octubre publica *The Finer Grain* (relatos).

1911 Vuelve a Inglaterra en agosto.
En octubre publica *La protesta* (novela adaptada a partir de la obra de teatro).
Comienza a trabajar en una autobiografía.

1912 En junio es investido doctor honoris causa por la Universidad de Oxford.
En octubre alquila un piso en el número 21 de Carlyle Mansions, en Cheyne Walk, Chelsea; padece de culebrilla (herpes zóster).

1913 En marzo publica *Un chiquillo y otros* (primer volumen de su autobiografía).
John Singer Sargent le pinta un retrato con motivo de su setenta cumpleaños (15 de abril).

1914 En marzo publica *Notes of a Son and Brother* (segundo volumen de su autobiografía).

Estalla en agosto la Primera Guerra Mundial; James se compromete fervientemente con la causa británica y ayuda a refugiados belgas y soldados heridos.

En octubre publica *Notes on Novelists*.

1915 Es nombrado presidente de honor del Cuerpo de Ambulancias de los Voluntarios Americanos.

En julio se convierte en ciudadano británico.

Escribe una serie de ensayos sobre la guerra (recogidos en *Within the Rim*, 1919) y el prólogo de *Letters from America* (1916), del poeta Rupert Brooke, fallecido el año antes.

El 2 de diciembre sufre un derrame cerebral.

1916 Recibe la Orden del Mérito en la ceremonia de las Condecoraciones de Año Nuevo.

Muere el 28 de febrero. Tras su funeral en la Vieja Iglesia de Chelsea, su cuñada, clandestinamente, se lleva las cenizas de vuelta a Estados Unidos, donde son enterradas en la parcela familiar, en Cambridge.